KB090357

교사!
힐링하다

“어서 와. 어서 와. 어서 와. 안녕! 안녕! 안녕!” 아이들을 만날 때 이렇게 큰 소리로 반복해 주면 아이들은 활짝 웃으며 같이 인사한다. 내가 해주는 인사에 우울했던 기분도 좋아진다니 부끄럽지만 고맙다. “안녕! 안녕! 어서 와! 어서 와!” 아이들을 맞이하며 나 자신이 치유되고 있던 것을 그동안 모르고 있었다. 인사를 즐겁게 하다 보면 말하는 나 자신도 기분이 상쾌해진다. 아이들에게도 좋은 영향이겠지만, 인사하는 나 자신에게 엔도르핀이 솟아나는 걸 순간 순간 느낀다.

교사 생활을 한 것은 행운이었다. 교직 생활 36년이다. 똑같은 생활의 반복이 얼마나 따분하냐고 사람들은 말한다. 그런데 학교는 즐거운 곳이라는 걸 알려주기 위해 이 책을 출간하려 한다. 아이들이 주는 행복도 컸지만, 성취감도 있고, 자존감이 높아지는 교사들의 독서토론이 있어 학교생활의 만족도는 배가되었다.

2009년부터 교사 독서동아리를 만들어 책을 읽고 토론하고 서평을 발표하는 시간을 가졌는데 학생들에게 선한 영향력을 주었음은 물론이고, 교직 생활을 하는 교사 자신에게는 생동감을 주기에 충분했다. 발표할 서평을 준비하는 시간은 가슴 뛰는 기다림이 있었다.

10여 년 동안 이어진 교사들의 독서활동은 학생들에게도 많은 변화를 주었다. 교사들과 읽은 책 중에서 수업 시간에 접목할 책이 있으면 그 책을 정해서 아이들과 독서토론을 하고, 토론이 어려운 책은 수업의 흥미 유발로 슬그머니 끌어들이기도 했다. 이 책 《교사! 힐링하다》는 수업시간에 책을 소개하면서 일어났던 그 날의 수업 분위기와 독서토론을 하는 날 교사들의 소소한 즐거움을 기록한 글이다.

혼자 읽었다면 불가능했을 텐데 같이 읽고 토론하다 보니 많은 책을 읽게 되었다. 책을 읽을 때는 모임을 만들어 읽고 꼭 토론의 과정을 거치는 게 좋다. 다섯 명이 토론하면 다섯 번 읽은 효과가 있기 때문이다. 재미와 성취감을 한 번에 느낄 수 있는 독서토론의 기쁨을 누구나 누리길 기원한다.

첫눈이 내리는 오늘도 나는 한 권의 책을 손에 들고 있고, 이 책을 소개하며 무슨 이야기를 해줄 것인지 궁금해하는 아이들의 호기심이 먼저 와서 턱을 괴고 기다리고 있다.

2021년 12월

최혜경

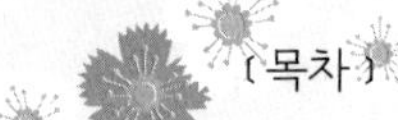

〔목차〕

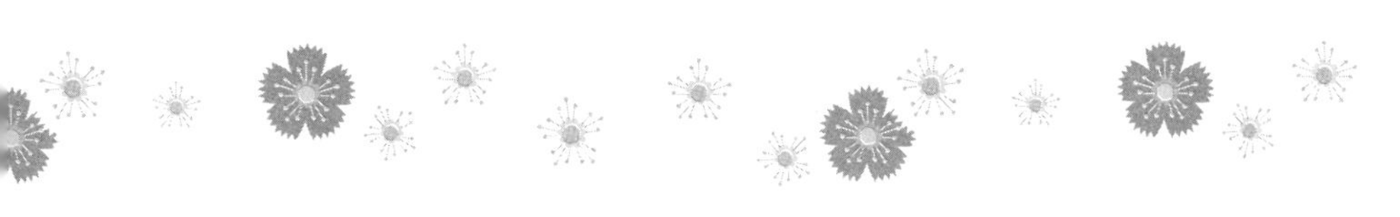

PART 03

아이들은 여러 번 자란다

PART 04

교내 행사로 크는 아이들

PART 05

독서토론은 혜성처럼 나타난 축복

PART 06

문학기행에 동반하는 독서

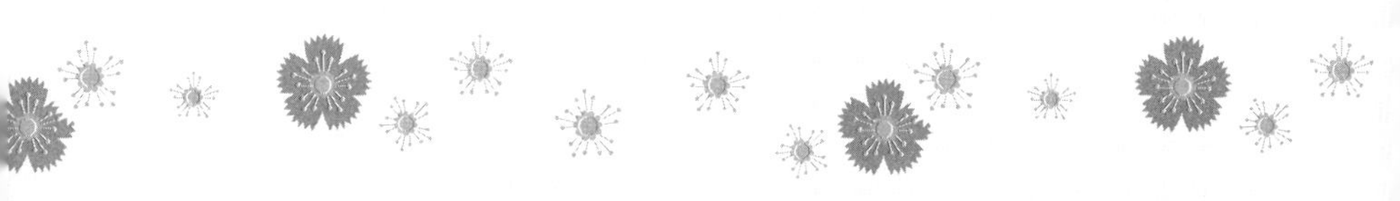

PART 07

어서 와, 어서 와, 어서 와. 안녕! 안녕! 안녕!

PART

01

때로 아이들과 함께 추억 속으로

나는 랩의 창시자였는지 몰라

창밖으로 목련이 화들짝 피었다. 낙엽만 굴러가도 웃는 여중생들이 그냥 넘기지 못한다. 수업을 시작하기 전에 흥미 유발로 보통은 내가 읽고 있는 책을 간단히 소개해 주는데 아이들이 먼저 선수를 친다. 선생님이 보는 《엄마의 역사편지》는 자신들은 이미 읽었고 알고 있는 이야기니 오늘은 첫사랑 얘기 좀 해달라고 애교를 부린다. 50이 다 되는 나이에 첫사랑 얘기는 아무래도 남사스럽다고 했더니 그럼 어떻게 국어 선생님을 하게 되었느냐고 묻는다. 그래. 아이들에게 내가 국어 선생님을 하게 된 계기를 말해주는 것도 필요하겠다는 생각이 들었다.

고등학교 2학년 때, 고전문학 시간이 있었다. 친구들은 그 시간이면 교탁 밑 맨 앞자리에 내가 앉을 수 있도록 해주었다. 내가 고전문학 선생님을 너무 좋아하고, 그 시간에 대답해 주는 사람은 나밖에 없음을 친구들이 알고 있었기 때문이다. 삼국시대의 향가를 배우고 고려시대의 고려가요를 배울 때, 친구들이 그렇게 어려워하는 고전을 나는 흥이 나서 수업할 수 있었다. 내 어린 시절에는 종이가 귀해서 책도 귀했는데 나는 《삼국유사》를 통해서 고등학교에서 배우는 고전문학의 배경을 거의 알았기 때문이다.

독재정치의 대명사로 온 국민을 부들부들 떨게 했던 군사정권 시절에 모든 학교에 고전 읽기를 장려했다. 아마도 노벨상을 휩쓸고 있는 일본의 메이지 유신을 모방했으리라 짐작된다. 고전이란 보통 100년 이상 읽히는 책으로 시대를 뛰어넘어 변함없이 읽을 만한 가치를 지닌 책을 말하는데 당시 초등학생이었던 우리가 읽기에는 《삼국유사》와 《삼국사기》가 적당했나 보다.

초등학교 5학년의 어린 나이에 친구들은 운동장에서 운동회를 준비하느라 소고놀이를 하고 밴드 행렬을 하며 놀고 있는데 나는 협소하고 을씨년스러운 도서실에서 《삼국유사》와 《삼국사기》를 읽어야 했다. 내가 학교 대표로 전주에서 열리는 자유교양대회에 출전해야 했기 때문이다. 이 대회는 〈지성의 제전〉이라는 표제 아래, '고전을 읽어 민족 정기 높이자'는 부제를 내걸고 있었다. 《삼국유사》는 배경설화가 있어 재미있는데 《삼국사기》는 사회책 같아 딱딱하고 재미가 없었다.

아뿔싸. 《삼국사기》가 읽기 싫어 도서실의 책들을 빙 둘러보는데 내 이름이 있었다. 《혜경궁 홍씨-한중록》. 혜경! 냉큼 눈썹돌에 올라앉아 삽시간에 보고 말았다. 흥미진진을 넘어 사도세자의 부인인 혜경궁 홍씨의 너무도 불쌍하고 가련한 삶에 나는 엉엉 울고 말았다. 그리고 그 뒤가 궁금해지자 《조선왕비열전》을 찾아 읽고 읽다가 역사에 흥미가 생겼고, 우리 고전에 재미를 붙였다.

남들은 영어, 수학을 공부하느라 정신없는 고등학교 시절에 고전을 좋아하는 나는 《삼국유사》에 실린 14수의 향가와 고려가요 중 12편 정도를 외워버렸다. 재미있고 좋아하다 보니 그냥 외우는 게 아니라 리듬에 맞춰서 내 마음대로 불렀는데 지금에 보니 그것은 랩이었다. 나는 수업시간에 고전을 읊어주곤 하는데, 고전을 읊어줄 때마다 '나는 랩의 창시자였는지 모른다'고 호기를 부리곤 한다.

그렇게 자연스럽게 국어 선생님이 된 내 역사를 이야기해 주니 아이들은 첫사랑 얘기보다 더 흥미진진하게 경청한 후, 국어 선생님이 되려면 무조건 책을 많이 읽어야 하느냐고 질문한다. 국어 선생님뿐만 아니라 무슨 직업을 갖게 되든지 책을 많이 읽어두어야 한다고 했더니 책을 읽어서 좋은 점을 또 구체적으로 말하라고 한다. 그래서 또 대답한다. 책 속에는 모든 것이 있어 책을 많이 읽은 사람은 남들이 생각할 수 없는 것들을 생각해 내는 창의적인 힘을 갖게 된다고 말해준다.

아이들에게 자신만만하게 권하고 싶었던 《엄마의 역사편지》라는 책은 "원시인도 뽀뽀를 했을까?"라고 묻는 어린 딸에게 엄마가 편지글로 재미있게 역사를 들려주는 이야기다. 우리나라 역사뿐만 아니라 세계문명의 발상부터 21세기까지 세계의 문명을 소개해 주는 책인데, 오늘은 내 역사를 이야기하고 본 수업을 시작한다.

·· 2009년 5월 씀

소설 〈소나기〉보다 더 〈소나기〉 같은 말고 안 될 전설

황순원 님의 소설 〈소나기〉의 진도를 다 마쳤다. 아이들은 뭐 이야기해 줄 게 없느냐며 지그시 나를 쳐다본다. 그래서 〈소나기〉보다 더 〈소나기〉 같은 경험담이 있는 사람은 손들어 보라니까 아직 자기들은 인생을 많이 살지 않아서 그런 추억이 없다며 내 어린 시절 이야기를 하라고 턱을 괴고 앉아있다.

나는 부안의 시골 초등학교에 다녔다. 집에서 학교까지는 신작로로 가면 40분쯤 걸리고, 논둑길로 가면 20분이 걸린다. 그러니 당연히 우리는 논둑길로 다녔고, 여름에 장마가 지면 논둑길은 묻혀버려 어디가 길이고 어디가 논인지 분간할 수 없다. 3학년 때였다. 등굣길에는 눈짐작으로 학교에 갔는데 하굣길에는 물이 많이 빠져 있었다. 장마 후의 길이라 고무신 속에 진흙탕이 들어가 있어 개울물에 발을 휘저으며 흙탕물을 빼려다 고무신을 개울 속에 빠뜨리고 말았다.

소중한 내 신발을 잃어버려 어찌할 바를 모르고 있을 때, 코흘리개에다 도둑질도 많이 하고 우리 반에서 공부도 제일 못하는 용남이가 개울 속으로 풍덩 뛰어 들어갔다. 장마 뒤의 개울물은 완전 황토색이라 물속에서 눈을 뜬다는 것은 불가능했다. 용남이는 손으로 더듬으며 신발을 찾아 헤매고 있는 것 같았다. 몇 시간이 지난 것 같은 초조함이 몰려오고 물속에서 나오지 않는 용남이에 대한 걱정 때문에 이제 신발 따위는 생각도 나지 않았다.

한참이 지난 후에 고개를 내민 용남이는 다시 들어갔다 나오기를 반복했다. 숨을 쉬기 위해 고개를 내밀던 용남이의 행위를 나는 그 애가 죽어가고 있다고 생각한 것이다. 그때만 해도 나는 수영을 전혀 모르고 있었으니까. 한참이 지난 후에 용남이는 신발을 들고 나타나 말 한마디 없이 내 앞에 신발을 던져주고 달아나 버렸다.

다음날 용남이는 학교에 오지 않았다. 〈소나기〉의 소녀와 똑같지 않은가? 전화도 없던 시절이라 확인할 방법도 없고 그날 밤은 나 때문에 죽었을지도 모르는 용남이 생각에 잠을 이룰 수가 없었다. 언니와 쓰던 방에 서쪽 창이 있었는데 나는 그날 밤 세상에서 가장 큰 별을 보았다. 그 별을 본 적이 없었는데 그건 분명히 용남이가 죽어 나타난 별이라 생각했다. 물론 4학년이 되어 그 별은 금성(샛별)임을 알게 되었지만.

뜬눈으로 밤을 지새우고 간 학교에 용남이가 와 있었다. 이렇게 고마울 수가. 목에서는 용남이를 애타게 부르고 있었지만, 그 시절만 해도 남녀칠세부동석이었던지 말을 못 했다.

그렇게 세월이 흘러 중학교 원서를 쓰게 되었는데 한 학급에서 10명도 안 되는 학생들만 원서를 쓴 것 같다. 우리 집도 형편이 곤

란했지만 우리 집보다 더 어려웠는지 용남이는 중학교 원서를 쓰지 않았다. 그해 겨울, 눈이 정말 많이 왔다. 부안은 해변가라서 겨울에 눈이 많다.

눈이 엄청 많이 온 그 날 나는 주번이라서 새벽에 길을 나섰다. 온 식구들이 길이 좀 나면 등교하라고 말렸지만, 그때 나는 모자랄 정도의 범생이였다. 길이 나지 않은 논둑길보다는 신작로를 택해서 학교 앞까지 갔지만, 교문부터 교실 앞까지는 아무도 눈을 밟은 흔적이 없었다. 까마득해하고 있을 때, 언제 나타났는지 용남이가 앞질러 두 발로 길을 트며 가고 있었다. 그날 이후로 나는 용남이가 도둑질도 안 하길 기도했고, 공부도 잘하길 기도했다. 그 이후 35년의 세월이 지난 지금까지 한 번도 그 아이를 본 적이 없다. 어딘가에서 잘 살기를 기도한다.

이야기를 마치고 나는 이 이야기를 절대로 탈고 안 될 전설로 남기고 싶다고 말하니 아이들은 정말 〈소나기〉보다 더 〈소나기〉 같은 이야기라며 눈물을 글썽인다.

오늘 선생님들이 교사 독서모임을 시작한다고 한다. 사회 선생님의 주관하에 지난달에 모집해서 오늘 첫 모임인데 망설이고 있다. 참여할까. 말까. 그동안 교사들이 많은 모임을 했는데 항상 몇 달 하다가 흐지부지하게 끝났으니 갈등할 수밖에.

‥ 2009년 6월 씀

아이들의 고운 심성이 세계사를 움직인다

이 책은 우리를 너무 띄엄띄엄 알았다고. 이렇게 수준 높은 책을 우리가 봐도 신의 눈총이 없겠느냐고. 이렇게 좋은 날에 이런 책을 우리가 봐야 하느냐고. 이번 교사모임에서는 《세계사를 움직이는 다섯 가지 힘》이라는 책을 선정했는데, 방학 준비로 읽지 못한 선생님들의 우스갯소리가 우리를 즐겁게 한다.

한 달에 한 번 정도는 내가 읽고 있는 책을 아이들에게 소개해 주는데 이번 책은 욕망·모더니즘·제국주의·몬스터(자본주의, 사회주의, 파시즘)·종교가 세상을 움직인다는 내용이라고 했더니 아이들은 전혀 반응을 보이지 않고 재미없는 논설문 한 편씩을 썼으니 보상해 달라고 한다. 그래서 나는 또 인심을 크게 쓴다.

중학교 2학년 때, 체육대회 연습 중이었는데 화장실이 너무 급했다. 담임 선생님이 무서워 눈치를 보다가 참을 수 없어 화장실에 다녀왔더니 선생님이 잘못했다고 교무실 앞 복도에 손들고 서 있게 하고 퇴근해 버렸다. 숙직 아저씨가 어두워졌으니 집에 가라 했지만, 머뭇거리다 어둑해져서야 집으로 향했다. 우리 집에서 학교까지 걸어서 한 시간이 걸렸다.

내 단짝 친구가 기다려줘서 무서움은 조금 가셨지만, 공동묘지 앞을 지날 때에는 온 힘을 다해도 다리가 움직여지질 않았다. 설상가상으로 공동묘지 앞에 살고 있는 백발 할머니는 공동묘지보다 더 무서웠다. 그때만 해도 그 할머니가 귀신일 거라 생각했으니까. 그때 너무 놀라서 내가 키가 크지 못했다고 하자 아이들이 웃는다.

추억이 많은 그 길은 무섭기도 했지만, 때로는 이쁘고 사랑스러웠다. 하굣길의 어느 날에는 된장잠자리가 하늘을 덮는다. 추석이 다가오고 있다는 신호다. 고추잠자리는 날씬하고 화려한 데 비해 된장잠자리는 도톰하고 수수한 된장 색이다. 그래도 난 고추잠자리보다 된장잠자리가 더 좋았다. 된장잠자리가 많은 날이면 친구와 둘이서 두 손 벌리며 달려나가 그들을 반긴다. 그러면 된장잠자리는 우리를 놀리며 달아났다 멈추기를 반복한다.

그리고 봄이면 녹색의 보리밭이 장관을 이룬다. 지평선으로 펼쳐진 이 보리밭에서 얼마나 사진을 찍고 싶었던지. 그러나 그때는 카메라도 없었고 핸드폰은 당연히 없으니 이렇게 애석할 수가. 보리밭 길이 정말 예쁘지만, 이 길도 혼자서는 무섭다. 왜냐하면 보리밭 속에 문둥이가 있을지 모르니까. 내 어린 시절에는 문둥이가 어린 아이를 보리밭 속에서 먹는다는 속설이 있었다. 여기서 나는 재빠르게 서정주의 〈문둥이〉라는 시를 읊어준다.

....../ 문둥이는 서러워//

보리밭에 달 뜨면/ 애기 하나 먹고// ...... 밤새 울었다

이 기회에 나는 좋은 시 한 편을 아이들에게 가르친 셈이다. 욕망·모더니즘·제국주의·몬스터(자본주의, 사회주의, 파시즘)·종교도 세상을 움직이겠지만, 눈을 동그랗게 뜨고 내 얘기에 경청하는 이 아이들의 고운 심성이 세상을 더 아름답게 움직이는 동력일 것이다.

·· 2011년 12월 씀

우주는 둥글까요?

이번 달 교사모임에서 수리과학에 관한 책이 처음으로 선정되었다. 이렇게 좋은 책을 추천해 주고, 자칫 난해할 수 있는 내용을 쉽게 설명해 준 과학 선생님이 고맙다. 과학에 대해 문외한인 나는 과학 선생님께 미리 우주의 모양과 지구의 관계에 대해 과외를 받고 토론에 참여했다. 《100년의 난제 푸앵카레의 추측은 어떻게 풀렸을까?》. 가볍고 넓게라도 과학의 세계에 다가가고 싶었는데 이 책을 통해 수리과학의 세계에 한 발 내디딘 것 같아 기분 좋다~~~.

읽고 싶지는 않지만 어른 책은 아닌 것 같다고 관심을 보이는 학생이 있어 본 수업을 하기 전에 나는 과학을 정말 싫어하고 모르는데 이 책을 보니 너무 재미있다고 꼬드겼다. 그랬더니 선생님한테 속지 않겠다고 하며 중간고사가 끝났으니 연애 이야기나 해달라고 떼쓴다. 그래서 협상을 한다. 이 책 이야기를 10분만 할 테니 잘~~~ 들으면 옛날 이야기를 하나 해주겠다고.

푸앵카레라는 사람이 우주가 둥글다는 가정하에 이것을 수학적으로 풀어보라는 숙제를 냈는데, 많은 수학자들이 좌절하다가 100년이 흐른 후에 페렐만이라는 사람이 수식으로 풀게 됐다. 그는 억만금의 필즈상을 받게 되었는데 상을 거부했다. 이유는 돈을 받는 것보다 그 문제를 풀었다는 것에 기쁨(유레카)을 느꼈기 때문이다. 이번 기회에 유레카도 설명하려니 다음에 하시라고 아이들이 극구 말린다. 어쩔 수 없이 이야기보따리를 다시 푼다.

지금은 미국에서 살고 있는 내 사촌 동생이 일곱 살 무렵에 진안 산골짜기로 이사를 했다. 산 넘고 물 건너 바다 건너서 두 시간을 가야만 학교가 나온다고 했다. 가는 길은 무서웠지만 그래도 한 살 어린 남동생을 학교에 일찍 보내서 둘이 손잡고 무서운 길을 노래 부르며, 산토끼와 이야기하고 참새들과 노닥거리며 초등학교 저학년을 다녔다. 겨울에는 눈이 오면 산길이 막힐까 봐, 여름에 장마지면 산사태 날까 봐 등교하지 못해서 학교에 가는 날의 1/3 정도만 등교했다.

산길에서 이것저것을 만나지만 가장 무서운 것은 사람을 만날 때다. 특히 젊은 남자를 만날 때면 남동생과 죽을힘을 다해 뛴다. 산길을 오가며 산짐승을 만나면 놀라지 않고 당황한 기색을 보이지 말아야 각자 제 갈 길을 간다. 뱀도 다반사로 만나는데 재미있는 것은 뱀들이 소풍 갈 때다. 어느 날은 뱀들이 개울가에서 끝이 보이지 않게 줄을 지어 소풍 가는 모습이 장관이란다. 듣는 내가 섬뜩해하니 자기네는 그냥 즐거운 풍경화의 한 장면을 봤을 뿐이고 지금은 그 풍경이 그립다고 한다.

그리고 우리가 먹고 있는 버섯이나 두릅을 그렇게 비싸게 사 먹는다는 걸 사촌 동생은 초등학교 3학년 즈음에 서울로 이사를 가서 알게 되었다 한다. 진안에서 산길을 오가며 수없이 많은 버섯이나 두릅은 손만 대면 딸 수 있었기 때문이다.

도시생활을 하며 가장 그리운 것은 가재를 쉽게 먹지 못하는 것이란다. 집 앞에 흐르는 개울가에 밤이면 온 동네의 가재들이 몰려온다. 밤에 손전등만 가지고 나가면 개울가에서 순식간에 한 양동이를 잡을 수 있다. 서울로 이사 와서 가끔 사 먹는 가재는 절대 가재 맛이 아니란다. 산골에서 먹던 가재의 맛을 언제 먹어볼 수 있을지 안타깝다고 한다.

그래도 산골생활이 고달팠던 것도 있었는데, 높은 산의 등성이가 집에서 볼 때는 코앞에 있는 것 같은데 한 시간이 지나서 그 산에 도착해도 산의 바닥일 때면 너무 허탈해졌단다.

기회다 싶어 나는 아이들에게 내 동생이 허탈한 이유는 과학의 원리로 무엇이겠느냐고 질문하니 고맙게도 지구가 둥글기 때문이라고 대답하는 학생이 있다. 고맙다. 우주가 둥글다는 가정하에 문제를 풀게 했던 푸앵카레의 원리는 코앞에 있던 산이 가까이 가면 산의 밑동이었다는 것으로 지구가 둥글다는 것을 느낀 사촌 동생의 경험과 어우러져 우리를 과학의 세계로 한 발 디디게 한 것 같다. 오늘 이야기도 헛일은 아니다 싶으니 감사하다.

·· 2012년 4월 씀

상엿집도 광장이었는데

최인훈의 《광장》을 교사모임에서 토론하기로 했는데 교무실 분위기가 싸하다. 학생 수가 감소하자 남는 교사는 다른 학교로 순회를 가야 한다. 초가삼간이라도 내 집이 좋은 것처럼 나이 들어 다른 학교에 나가는 일이 보통은 아닐 것이다. 오늘은 토론이 이루어지지 않을 것 같다.

"선생님들도 재미있는 책 좀 읽어요. 그 책은 재미도 없는 옛날 책 같아요."라며 이렇게라도 관심을 보여주는 아이가 고마워서 은근슬쩍 자유와 평화가 있는 아름다운 내용이지만 연애 이야기가 많이 나온다고 했더니 고개를 돌린다. 눈도 오니 재미있는 이야기를 해달라는 투정을 부리기에 이 책은 수능시험에도 자주 나오니 책 내용을 1분만 들으면 달걀귀신 이야기를 해주겠다고 조율을 한다. 집중력이 이렇게 좋을 수가!

이 책은 해방 후에 일어나는 내용으로 제목은 《광장》이다. 주인공은 자유와 행복을 상징하는 광장을 남한에서 찾으려 했지만, 남한에서 찾을 수 없어 북한으로 넘어간다. 그런데 거기에도 자유가 없어 제3국으로 가면서 바다에 빠져 죽게 된다. 이야기의 줄거리를 정리하고 내 어린 시절 속으로 잠시 들어가 본다.

초등학교에 입학하면서 6학년 언니부터 차례대로 똑바로 줄을 서서 등교했다. 얼마나 좋았던지. 학교에 다니고 싶어 언니를 따라가곤 했는데 입학해서 등교 줄에 설 수 있다는 것에 완장을 찬 것처럼 행복했다. 등교할 때는 선배들이랑 같이 가지만 하교할 때는 저학년이 일찍 하교하니까 친구들끼리 먼저 집에 왔다.

그런데 나는 책보보다 더 무거운 신발주머니에 모래를 가득 넣어서 1년 가까이 낑낑거리며 다녔다. 책보가 무엇인지 아느냐고 물으니 아무도 모른다. 그래서 여기서 책보가 무엇인지 설명을 붙여준다. 그 시대에 가방을 가지고 다니는 아이는 거의 없었다. 책을 싸는 보자기를 책보라고 하는데 이 책보를 허리춤에 매고 다녔다.

왼손에 신발주머니를 들고, 오른손은 왼손 신발주머니에 넣고 달리면 전장에 나갈 차비가 다 꾸려진다. 달걀귀신이 나타나면 모래를 집어서 쫓아야 했기 때문이다. 바람이 부는 날은 달걀귀신이 휘몰아치게 많았다. 계속해서 모래를 뿌리며 삼십육계 줄행랑을 친다. 여기서 나는 또 아이들 눈치를 보며 슬며시 삼십육계 줄행랑을 설명한다. 삼십육계는 전쟁에서 쓸 수 있는 36가지의 책략으로 숫자가 낮을수록 고급이고 숫자가 높을수록 급이 낮은 기술인데 마지막인 36계가 바로 줄행랑이라고. 상대가 너무 강할 때는 도망가는 게 상책이라는 것도 책략이라니 아이들이 도망가는 것도 전쟁의 기술이냐고 놀란다.

달걀귀신이 내 몸에 달라붙으면 나는 죽는다고 생각했으니까. 2학년이 될 무렵에는 달걀귀신이 무섭지 않다. 상여에 붙어있는 하얀 종이꽃이 바람에 떨어져 흩날린다는 것을 초등학교 입학 후 1년이 지나서야 알게 되었기 때문이다.

도시에서 자란 사람은 상상할 수도 없겠는데 학교 가는 골목에 상엿집이 있었다. 상엿집은 아주 낮은 초막으로 그 안에는 항상 상여가 있었다. 왜 상여가 있었는지는 어른이 되어 유추해 보니, 상여조차도 나누며 배려하며 살아야 할 환경이었던 것 같다. 더불어 살던 가난한 시절에는 따뜻함과 배려가 있었다. 우리가 그렇게도 무서워하던 그 상엿집 앞에서, 초상난 날에는 동네 아저씨들이 모여 막걸리를 마시고 춤을 추고 놀았다. 그 시대에는 상엿집조차도 사랑과 평화가 있는 광장이었던 것 같다.

그런데 내 중고등학교 시절의 광장은 최인훈의 《광장》에서 크게 발전한 것이 없었다. 중학교 3학년이 되면서 나는 서울로 전학을 갔고, 그 학교는 카드섹션을 하기에 안성맞춤인 계단이 있었다. 그 계단에서 우리는 수업은 못 하고 국군의 날 행사를 맞이해서 카드섹션 연습을 했다. 드디어 국군의 날이 다가와 지금의 여의도 공원인 5·16 광장에서 대통령을 모시고 카드섹션을 멋지게 선보이고 대통령 하사품이라는 과자와 우유를 선물로 받으며 감사해했다. 내게 광장은 바로 카드섹션을 한 5·16 광장이다.

최인훈의 '광장'의 이미지에서 조금도 벗어나지 못했으며, 군부독재의 상징이었던 5·16 광장이 여의도 광장으로 이름을 바꾸었다가 지금은 여의도 공원으로 명칭이 바뀌었다. 많은 사람들의 피나는 노력으로 이제야 광장다운 광장을 찾아가고 있는 것 같다. 이번 방학에는 여의도 공원에 가서 자전거를 타고 바람보다 먼저 달려 보아야겠다.

·· 2013년 12월 씀

고등어 한 마리와 쥐꼬리 잡던 시절

이번 교사모임에서 정한 책은 《고등어를 금하노라》인데 아이들이 제목이 이상하다며 도대체 무슨 내용일까 궁금해한다. 그래서 먼 옛날 내 어린 시절의 이야기를 먼저 꺼내준다.

우리 집은 가난했다. 가난했기 때문이었는지 모든 학생이 받았는지는 잘 모르겠지만, 나보다 일고여덟 살이 많은 우리 언니 오빠들은 학교에서 옥수수죽으로 점심을 먹고 왔고, 세 살 많은 작은 언니는 학교에서 빵을 가져왔다. 얼마나 부러웠는지. 빨리 학교에 다니고 싶었던 이유 중의 하나는 옥수수죽이나 빵을 먹고 싶어서였는지도 모르겠다.

1969년 기다리고 기다리던 '초등학교 입학'을 했다. 난로가 교실 한가운데 있었고, 난로에는 산에서 가져온 솔방울과 솔잎이 타고 있었다. 난로의 불쏘시개는 상급 학년인 언니 오빠들이 가을에 산에서 긁어온 땔감이었다. 상급 학년들은 교실에서 수업하는 것보다 땔감을 긁어오고 운동장을 삽과 괭이로 정리하는 노작활동을 더 많이 했던 것 같다.

온 나라에 쥐가 많으니 쥐잡기 운동이 일어나 언니 오빠들은 쥐를 몇 마리나 잡았는지 확인하기 위해 쥐꼬리를 잘라서 선생님께 내곤 했는데 나는 쥐꼬리를 낸 적은 없다. 내가 상급 학년이 됐을 때는 우리나라가 가난에서 조금은 벗어났는지 노작활동을 많이 하지는 않았다. 가을이면 산에서 땔감을 걷어오는 일을 한 것도 잠깐이었고 교실의 땔감은 석탄으로 교체되었다.

그리고 요즘 아이들은 '이'가 무엇인지도 모르는 학생들도 많겠지만 그때는 가난한 시절이라 온몸에 이가 많았다. 엄마들은 딸들의 머리를 헤쳐가며 이를 잡았고, 밤이면 호롱불 밑에서 내복 솔기를 뒤지며 이를 잡았다. 나머지 이를 완벽하게 처치하는 것은 학교 몫이었다. 학생들을 한 줄로 죽 세우고 머리와 옷을 소독했다. 아마 농약을 하지 않았나 싶다. 그 냄새가 고약했으니까.

새마을 운동이 일어나자 골목길에 모여 담배만 피우고 놀던 동네 아저씨들이 일터로 나가고 새벽이면 동네 이장 집에서 스피커를 통해 울리는 "새벽종이 울렸네. 새 아침이 밝았네~~~" 새마을 운동 노래가 온 마을을 깨웠다. 마을의 골목길이 넓혀지고 온 나라가 때를 벗어가고 있었다.

내 어린 시절의 이야기를 마치자 아이들은 지어낸 이야기가 아니냐고 물으며 선생님들이 읽는 책이 그런 내용이냐고 한다. 그래서 대답해 준다. 《고등어를 금하노라》의 저자는 고등어가 독일에서 잡히지 않으니까 공존에 대한 예의로 고등어 한 마리조차 식탁에 올리지 않는다. 바다 생선인 고등어를 먹으려면 운송하느라 매연 등

이 생기므로 지역의 먹거리를 선택하자고 하고, 전기를 펑펑 쓰기 보다는 따뜻한 물주머니를 가지고 다니는 것이 환경 보호를 실천하는 것이라고 주장한다. 이 책을 읽으며 기억의 저편에 있던 내 어린 시절이 떠올랐다. 어린 우리가 고사리 같은 손으로 실행에 옮겼던 것은 환경 보호라고 말할 수는 없지만 우리의 삶을 윤택하게 할 더 나은 공존을 위한 실천이었는지 모르겠다.

이번 교사모임은 상담실에서 조촐하게 이루어졌다. 출장 간 교사들도 많고, 끝까지 읽지를 못했다고 참여하지 못한 교사들이 많다. 요즘 선생님들의 적극성이 약해진 것 같아 걱정이다. 간소하게 모인 교사들은 우리 교사들부터 더불어 사는 사회를 위해 가정에서 학교에서 작은 실천이라도 해보자는 의견을 내놓는다.

·· 2015년 12월 씀

내 청춘의 독서는?

유시민의 《청춘의 독서》를 읽고 한동안 멍한 상태로 있었다. 책의 맨 처음에 《죄와 벌》에 대한 저자의 감상이 나오는데 내 뇌리를 강하게 때렸다. 저자가 고3 때 읽은 것처럼 나도 고등학생 때 읽었는데 느낌이 나와 너무 달랐다. 저자는 책의 행간을 읽었고 시대와 사회를 읽고 있었다. 좋은 책들을 쉽게 소개해 준 저자 덕분에 책을 보는 시야가 넓어졌으니 어찌 감사하지 않을 수 있겠는가.

좋은 책을 선정해 달라고 많은 학생들이 말한다. 교사를 처음 시작하면서부터 지금까지 변함없이 내가 0순위로 학생들에게 선정하는 책은 《삼국유사》다. 책을 좋아하게 만들어 주었을 뿐만 아니라, 교사로서의 자리에 있게 해준 책이기 때문이다. 이 글의 맨 앞에서 내가 국어 교사가 된 이유에 대해 말한 적이 있지만, 내 초등학교 시절에는 고전 읽기 대회가 있었다. 그때는 선생님이 시켜서 어쩔 수 없이 읽었지만, 고등학교 고전문학 시간에 나는 교실에서 혜성처럼 빛날 수 있었다.

현재 중학교 국어교과서에는 10페이지 정도가 고전으로 채워져 있는데 지금은 그마저도 거의 실려있지 않다. 내가 좋아하는 파트인지라 그 부분을 수업할 때는 그렇게 행복할 수가 없다. 아이들도 내가 신바람 나서 수업에 임한다는 것을 모두 알 정도이다. 초등학교 5학년 때 읽은 《삼국유사》는 고전의 배경설화가 나와 있는 「기이(奇異)」편이었다. 중학생까지는 이 기이 편만 읽어도 고등학교 수업을 쉽게 할 수 있다. 다른 친구들이 모르는 내용을 나만 알고 있으니 내 고등학교 시절의 고전 시간은 흥이 났고, 더 확실하게 알기 위해 중고등학생용으로 다시 읽으며 우리 고전 지식을 단단히 다져간 것 같다.

그렇다고 고리타분한 고전만 읽은 것은 절대 아니다. 그 시절에 한참 유행이었던 《베르사유의 장미》를 보기 위해 학교 앞 서점에 드나들다 학생부장 선생님에게 걸려서 심하게 벌 받은 적도 있다. 수업시간이면 선생님들의 얼굴이 마리 앙투아네트와 오스칼로 보여 한동안 공부하지 못했다. 같은 반에 만화를 잘 그리던 친구에게 부탁해서 마리 앙투아네트와 오스칼의 그림을 내 보물 1호였던 샤프와 망설임 없이 바꾸기도 했다.

그런데 진정 어린 내 가슴을 흔들었던 책은 따로 있었다. 초등학교 2학년쯤에 읽은 《플랜더스의 개》이다. 네로와 파트라슈 때문에 얼마나 많은 눈물을 흘리며 밤을 새웠는지. 내가 밥도 안 먹고 울기만 하니 우리 집에 동화책이라곤 《플랜더스의 개》 한 권밖에 없었는데도 엄마는 이 책을 불로 태워버린다고 화를 내기도 했었다. 네로와 파트라슈의 환영은 내 유년기를 적셔 놓기에 충분했다.

·· 2017년 12월 씀

PART 02

은근슬쩍 수업에 문학을 끌어들이다

날개를 달다

두 눈을 동그랗게 뜨고 오늘은 수업의 흥미 유발로 어떤 카드를 꺼낼지 학생들은 내 표정을 살핀다. 가끔은 내 어릴 적 이야기로, 가끔은 그리스 로마 신화로 수업의 문을 열었는데 오늘은 한비야라는 사람을 간략히 소개해 주니, 학생들이 월드비전에 들어가 한비야처럼 살겠다고 각오가 대단하다. 40여 명 학생들의 진로가 갑자기 월드비전으로 바뀌는 순간이다. 더불어 진로교육도 이루어진 셈이다.

내친김에 《지도 밖으로 행군하라》에서 가장 먼저 다룬 아프가니스탄 탈레반의 행위와 나비 문양의 지뢰 이야기와 이름도 예쁜 시에라리온 아이들이 다이아몬드를 캐느라 학교에도 다니지 못하는 이야기를 했더니 당장에 빨리 읽고 이번 수행평가는 이 책으로 독서토론을 하자고 한다. 10여 년 전부터 수행평가 중에 독서토론을 10점으로 정해서 하고 있다. 장편은 수업 중에 토론하기가 어려워 신문편집반 학생을 중심으로 하고 수업시간에는 단편을 복사해서 사용했는데 요즘은 저작권법이 걸려있어 복사도 힘들다.

책이 아이들에게 이렇게 먹혀들 수가. 참으로 고맙고 고맙다. 하여 책을 살 수 있는 학생들은 사게 하고, 학교 도서관에 있는 책 모두 수거하고 선생님들 책도 빌려서 아프가니스탄 부분만 읽고 토론하기로 했다. 독서토론은 독서에서 꼭 거쳐야 할 과정이다. 다섯 명이 토론하면 다섯 번 읽은 효과가 있으니까. 내가 진행하는 토론 과정은 다음과 같다.

차시	내용
1차시 (독서)	페이지를 정하고 읽게 함(예: 20페이지까지).
2차시 (독서퀴즈)	1. 5조로 편성하여 조별로 퀴즈문제(5개) 출제(출제를 어려워하는 조는 교사가 도와줌). 2. 조별로 칠판 앞에 나가 퀴즈를 읽는 학생, 지적하는 학생, 칠판에 정답 표시하는 학생으로 역할을 정하여 조원 모두가 참여. 1등 조에는 초콜릿 선물.
3차시 (독서토론)	퀴즈문제 중 1~2문제를 선정하여 토론 진행(교사는 토론이 약한 조에 힘을 보태줌, 교사는 꼭 토론에 참여해야 함).

오늘 드디어 교사들의 독서모임에 참여하게 되었다. 교사들의 독서모임은 지난달에 다섯 명의 교사로 출범하여 오늘 토론하는 《지도 밖으로 행군하라》가 두 번째 책이다. 수업시간에 있었던 일을 교사들에게 말했더니 교사들의 독서토론이 학생들에게 미치는 영향력이 대단하다고 이구동성으로 말한다. 자율학습 시간이면 교사들이 같은 책을 들고 다니니 학생들은 궁금해하고, 그 책을 사서 읽고 자기네도 토론하겠다고 덤비는 아이도 있단다.

한비야에 대한 극찬이 이루어진 후 아랍·아프리카·북한까지 여행하는 재미를 느꼈다고 교사들은 말한다. 생각이 바른 교사들과 앞으로 좋은 책을 많이 읽을 수 있겠다는 설렘이 있는 내 독서토론의 시작이다. 이 책을 어떻게 교과와 접목할지를 궁리하는 참된 교사들의 모습을 보며 이 모임에 참여한 것은 참 잘한 일이라고 스스로를 칭찬한다.

토론이 형식 없이 자유롭게 이루어진다고 하길래 하루 전에 토론 주제를 몇 개 정해서 메신저로 보내주었더니 교사들은 매우 만족해 한다. 더불어 인터넷에서 떠돌고 있는 〈세계가 한 학급이라면〉이라는 어느 머리 좋은 사람의 글을 복사해서 가져갔다. 교사들은 그 나라의 특징을 잘 잡아서 너무 재미있게 표현했다며 어서 빨리 학생들에게도 알려주겠다고 한다.

·· 2009년 7월 씀

제우스의 숨결

이번 선생님들의 토론 책은 《그리스 로마 신화》라고 학생들이 먼저 얘기한다. 선생님들이 그렇게 쉬운 책을 왜 토론하느냐, 선생님들이 야한 이야기를 좋아하나 보다, 선생님은 어떤 신이 좋으냐고 여기저기서 질문한다. 본 수업을 시작하기 전에 도입시간 5분을 흥미 유발의 시간으로 할애하는데 오늘은 아무래도 길어질 것 같다.

그래서 나는 신보다 더 신 같은 트로이의 왕 프리아모스를 존경한다고 말한다. 아킬레우스에게 죽임을 당한 것도 모자라 마차에 끌려다니는 아들 헥토르의 시신을 수습할 수 있게 해달라고 젊은 아킬레우스에게 무릎을 꿇는 늙은 프리아모스의 인간다움을 감히 어느 신이 범접할 수 있겠느냐고 하니 학생들은 그렇겠다고 고개를 끄덕인다.

이야기를 듣던 아이들이 이번에 수행평가로 하는 독서토론은 책을 정하지 말고 《그리스 로마 신화》에서 자기가 좋아하는 신과 그 이유를 2분 동안에 설명하게 하는 게 어떠냐고 한 학생이 의견을 제시한다. 그 이야기를 듣던 다른 학생이 그럼 점수는 어떻게 주느냐고 하자 선생님이 설명하듯이 우리에게 설명을 잘해주는 사람에게 점수를 잘 주면 되지 않겠느냐고 한다. 그래서 모든 학생이 평가자가 되어 발표하는 학생에게 5점 안에서 점수를 주기로 하고 나머지 5점은 선생님이 주는 게 어떠냐고 자기들끼리 정한다. 아주 좋다고 나는 찬성한다.

그리고 학생들이 먼저 질문했던 《그리스 로마 신화》를 왜 선생님들이 토론하겠느냐고 내가 역으로 질문하니 잘 모르겠으니 선생님 생각을 빨리 말해 달란다. 그래서 독서모임에서 발표하기 위해 써 둔 서평의 한 부분을 간단히 이야기해 준다.

교사의 말 한마디로 자신의 신념을 거두어들이는 이 아름다운 학생들이 있기에 오늘도 나는 무한한 행복을 느낀다.

이번에는 머리도 식힐 겸 힐링 차원에서 《이윤기의 그리스 로마 신화 2-사랑의 테마로 읽는 신화의 12가지 열쇠》를 읽기로 했다. 읽기 편한 책을 선정했다고 모두들 흡족해하며 가벼운 발걸음으로 학교 앞 커피숍으로 간다. 열 명 가까운 교사들이 커피숍에 모여 프린트물을 보면서 토론하는 모습은 동네 주민들에게도 아름답게 보였나 보다. 지나가던 손님이 어디서 왔느냐고 묻기에 학교명을 말했더니, 선생님들이 공부하는 모습이 보기에 좋다고 하신다. 칭찬도 받아 기분 좋아진 교사들의 토론 분위기는 훨씬 의욕적이다.

·· 2009년 11월 씀

우리의 똘레랑스도 인정해 주세요

자율학습 시간이면 선생님들이 똑같이 《나는 빠리의 택시 운전사》를 들고 다니니 제목이 재미있다고 아이들이 관심을 가진다. 요즘 아이들에게 그 시대 상황을 이해시키기는 쉽지 않지만, 마침 신동엽의 〈껍데기는 가라〉를 수업하고 있는 중이라 자연스럽게 연결해서 말해준다.

책의 저자는 박정희 대통령의 억압 정책에 데모하여 우리나라에서 살 수 없게 되자 파리로 떠나게 된다. 프랑스의 여권에 갈 수 없는 나라로 대한민국이 적혀 있었으니 저자의 참담한 심정을 이해할 수 있겠느냐고 아이들에게 질문한다. 그리고 저자는 다름을 인정하는 프랑스의 문화가 좋았다고 하고 그 다름을 인정한다는 말이 똘레랑스라고 하자 한순간에 교실이 시끄럽다. 여기저기서 "똘레랑스! 똘레랑스" 하며 친구들에게 자신의 똘레랑스를 인정하라고 강요한다.

나는 정리한다. 우리나라의 민주주의는 어느 날 갑자기 그냥 뚝 떨어진 게 아니라고. 신동엽 · 홍세화같이 민주화를 위해 투쟁한 분들이 있었기에 오늘날의 우리는 북한과는 정반대의 삶을 살고 있다고. 덧붙여 좋은 세상을 만들기 위해 이렇게 치열하게 사신 분들도 많은데, 편히 산 나는 그분들에게 미안한 마음이라고 말하니 아이들이 나를 이해해 주겠다는 눈빛을 보내준다.

교사모임에서 만난 선생님들은 아이들에게 요즘 협박을 당한다고 행복한 불만을 표한다. 아이들이 자기들의 똘레랑스를 인정하라고 협박 아닌 협박을 한다고 하여 우리는 한바탕 웃는다. 철학에 조예가 깊은 도덕 선생님의 추천으로 홍세화의 《나는 빠리의 택시 운전사》가 선정되었다. 80학번대 교사들은 저자에 대해 이미 알고 있었지만, 90학번대 교사들은 파리에서 택시 운전사라는 너무도 이색적인 제목에 끌려 책을 읽게 되었다고 한다.

독서토론반에는 80~90학번대의 교사들이 대부분인데 민주화운동 시대에 앞장선 교사들은 한두 명이고 나를 포함한 나머지 교사들은 도서관에 앉아 현재의 편안함을 얻은 것 같다. 그래서 항상 부채를 안고 지식인으로서 바르게 사는 방법에 대해 고민하곤 했었다.

·· 2010년 3월 씀

아름다운 단어, 사랑

내 님을 그리자와 우니다니/ 산 접동새 난 이슷하요이다
아니시며 거츠르신 달 아으/ 잔월효성이 아라시리이다
……
아소 님하 도람 드르샤 괴오쇼셔

수업을 시작하며 노래 한 곡 불러주겠다고 하니 아이들이 너무 신난단다. 노래를 시작하자마자 아이들은 중국말인지 일본말인지 우리말인지 눈을 휘둥그레 뜨며, 도대체 무슨 노래냐고 묻는다. 이 기회를 그냥 넘어갈 수 없어 고려시대 정서라는 충신의 이야기로 자신의 사랑을 받아달라는 내용이라고 뜻풀이까지 해주니 “그럼 선생님은 그 시대에 살아서 노래를 그렇게 이상하게 해요?”라고 묻는다. 나름 많은 시간을 투자해서 정성껏 작곡했는데 아이들 듣기에 이상한가 보다. 첫 소절은 〈호반의 벤치〉라는 옛날 노래에 붙여 부르고, 나머지는 랩으로 한다.

수업시간에 나는 노래를 자주 부른다. 내가 고등학교 때, 랩으로 기억했던 고전을 노래로 불러주면 집중도는 완전 100%다. 더불어 고등학교에 진학한 학생들이 고전문학 시간이면 내가 불러준 노래가 생각나 자신 있게 수업을 한다고 하니 나는 더 신나게 부를 수 있다. 수업의 흥미를 이끌기 위해 도입 부분에 항상 무언가를 준비하는데 아무래도 내가 잘할 수 있는 고전문학이나 세계사 쪽 이야기를 많이 하게 된다. 그리곤 나는 가수를 했어야 했다고 호기를 부리며 아이들과 같이 한참을 웃는다.

그런데 족집게가 다 된 아이들은 선생님들의 토론 책과 이 노래가 무슨 연관이 있을 것 같은데…… 하며 고개를 갸우뚱한다. 이번에 선생님들이 세계고전문학인 《좁은 문》를 선정했는데 주인공들의 예쁜 사랑이 이루어지지 않아 고전문학인 〈정과정〉을 생각했다며 두 작품의 공통점은 '사랑'과 '고전'이라고 말한다.

《좁은 문》의 주인공인 알리사는 제롬을 사랑하지만, 육체적인 사랑은 하나님에 대한 배신이라 생각하여 제롬과 헤어진다. 간단히 이야기를 마치자 아이들은 둘은 진정으로 사랑한 것이 아니라고 결론을 내리고 만다. 금욕주의를 강요한 청교도 혁명에 대해 정확히 이해하지 못하기 때문일 것이다. 수행평가로 이 책을 토론했으면 좋겠는데 장편이라 속상하다고 했더니 신문편집부 학생들이 자신들이 읽고 토론하겠다고 덤빈다. 아이고 감사합니다.

학기 초에는 정신없이 바쁘다. 하여 4월은 건너뛰고 5월에야 교사모임을 하게 되었다. 이제야 독서모임의 이름도 정해졌다. 「독서 그리고 여행」이다. 이번에는 고전의 맛을 다시금 음미해 보고자 앙드레 지드의 《좁은 문》으로 정했다. 책을 읽으며 교무실에서 교사들은 이미 1차 독서토론을 간헐적으로 한다. 이쪽에서 몇 마디, 저쪽에서 몇 마디. 모두가 토론이 되니, 아름다운 정경임에 틀림없지만, 업무에 지쳐 바쁜 샘들에게는 피해가 되니 그 또한 미안하다. 17세기 후반부터 이어진 청교도 정신을 알아보고 그들의 삶 속을 기웃거려 본다.

·· 2010년 5월 씀

무서운 이름, 할례를 아시나요?

《사막의 꽃》은 교사 토론의 책으로도 선정하면서, 내가 수업하는 2학년 학생들의 방학과제로도 제시했다. 개학하니 학생들이 자랑스럽게 이 책을 내밀며 한마디씩 한다. 아프리카와 아랍은 역시 미개하다느니, 할례라는 무서운 풍습이 지금도 행해진다느니, 세상에는 정말 이상한 나라가 많다느니. 제대로 읽지 않은 친구들은 기죽은 표정으로 바라만 본다. 아이들의 반응이 고마워 떡 본 김에 제사 지낸다고 지도를 냉큼 가져와서 현재 할례를 행하는 나라를 표시해 가니 너무 많은 나라에 아이들이 기겁한다.

숙제 검사를 독서토론으로 조를 나누어서 하기에는 조금 애매해서 이번에는 각자 가장 충격이었던 부분을 2분씩만 이야기하게 했다. 어린 아기를 초막으로 데려가 사금파리로 성기를 자르고 꿰맸다는 부분에서는 그 나라의 어른들을 죽이고 싶은 마음이 생겼다는 의견도 있었고 그러다 잘못되면 많은 여자 아기들이 죽게 되니 인간이 살 곳이 못 된다며 아이들은 혀를 내둘렀다. 그리고 남자들이 여자를 성적 노리개로만 아는 짐승의 나라라고 저주받아야 한다고 한다.

저자가 영국에서 친구들의 생리 기간이 1주일이라는 것을 알고 충격을 받은 부분도 많이 이야기했고, 새엄마를 골탕 먹이는 부분은 어느 나라나 똑같은 것 같다는 말과 와리스 디리의 남편이 좀 마음에 들지 않는다는 것까지 아이들의 의견은 다양했다. 아이들이 제대로 읽고 또 한 나라의 풍습을 경험하게 한 것만으로 나는 기뻤다.

개학이 다가오면 교사들도 걱정스럽긴 마찬가지다. 하지만 이번에는 교사들이 개학을 기다렸다니 감동이다. 와리스 디리의 《사막의 꽃》을 너무 재미있게 읽었고, 다른 나라의 문화를 알게 되어 빨리 독서토론에 참여하고 싶어 몸이 근질근질했단다. 일에 치이다 보니 정독하지 않던 교사들도 방학이라 정독을 했는지, 토론도 하기 전에 교무실에서 예비토론을 하다 독서모임을 하지 않는 교사들로부터 눈총도 받는다. 독서모임을 시작한 지 2년째인데 이렇게 선생님들이 적극적이라서 책을 좋아하는 나로서는 고맙기 그지없다.

·· 2010년 9월 씀

피를 팝니다

교사는 하루에 3~4차례 무대에 서는 연극배우다. 관객의 눈치를 보며 바로 전 시간에 했던 내용을 바꾸어 연극을 한다. 교사인 배우가 가장 신바람이 날 때는 관객인 학생이 '난 선생님 수업이 정말 좋아요.'라고 표정으로 말해 줄 때다. 이때는 수업이 신이 나서 아주 흡족하게 연극을 끝낼 수 있다. 하지만 관객의 시큰둥한 반응과 빨리 수업이 끝났으면 하는 표정이 있으면, 분위기 쇄신을 위해 배우는 말에 강약도 넣어보고 혼신의 힘을 다해야 한다. 노력했음에도 수업이 시원찮을 때는 하루 종일 불편해진다. 배우의 심정도 이럴 것이다.

이제는 선생님들의 토론 책을 미리 알고 읽어오는 학생들도 있다. 읽지 못한 아이들은 궁금하니 내용을 간단히 말해 달라고 떼를 쓴다. 그래서 오늘도 인심 쓰는 척 거드름을 피우며 소설의 줄거리를 간단히 말해 준다.

이번 교사모임의 토론 책은 중국의 《허삼관 매혈기》라는 책인데 주인공 허삼관은 아들이 있는 여자와 결혼한다. 동네 사람들에게 무시를 당한 허삼관은 많은 갈등을 하지만, 자신의 피를 팔아가며 아내의 아들(일락)을 잘 키우고, 일락이의 친아버지가 큰 병에 걸리자 친아버지를 위해 아들로서 도리를 다하게 한다.

이야기가 끝나자 자신들도 당장 읽어야겠다고 호들갑이다. 이게 바로 교육이다. 강제로 읽히지 않고 간접적으로 소개함으로 교육의 효과가 바로 나타나니 난 얼마나 행복한 사람인가.

오랜만에 맛있는 음식을 먹으며 토론을 하자는 선생님들의 요구로 옥정호 넘어서 매운탕을 먹으러 간다. 〈인생〉이라는 영화로 한번 만나보고 싶었던 위화의 작품을 이번에도 국어 선생님의 추천으로 보게 되었다.

오늘은 본격적인 토론이 이루어지기 전에 교사들이 책을 읽는 좋은 점에 대해 서로들 이야기한다. 책을 들고 다니면 아이들의 시선이 달라지는 것을 느끼는 것도 책을 읽는 재미 중 하나라고 수학 교사가 말하자, 사회 교사는 중국의 매혈(買血)이라는 풍습이 우리나라에도 있었음을 얘기했다고 한다. 음악 교사는 교사들이 책을 읽음으로써 자연스럽게 아이들은 독서의 내용을 받아들이고, 아이들도 그 독서의 대열에 동참하는 것은 그냥 스미는 교육이 된다고 한다. 우리 스스로에게 뿌듯하다.

2010년 11월 씀

지뢰에 다리를 잃은 아이들

창밖으로 눈이 내린다. 앙상한 나뭇가지에 살포시 내려앉는 함박눈을 보며 금방 '웬수'처럼 눈 흘기던 아이들은 짝꿍과 끌어안고 소리 지르며 야단이다. 방학이 다가왔다는 의미다. 눈이 올 때 그냥 진도만 나가는 선생님은 매력이 없다고 또다시 들쑤신다.

"이렇게 눈이 오는 날이면 지뢰에 밟혀 한쪽 다리를 잃은 아프간 아이들도 좋아할까?"라며 운을 띄워주니 "왜 다리를 잃어요?" 하며 관심을 보이길래 오늘 선생님들과 토론할 《연을 쫓는 아이》라는 책 내용을 간단히 말해준다.

부잣집 도련님이라 동네의 못된 청소년들에게 미움을 받는 주인공 아미르는 어느 날 자신의 하인 핫산이 아이들에게 성폭행을 당하는 것을 보고 돕지 못했다는 죄책감으로 괴로워하다 도리어 핫산을 도둑으로 몰아 쫓아낸다. 아미르의 집안이 미국으로 이민을 가고 아미르가 어른이 되었을 때, 핫산이 자신의 이복 동생이었다는 것을 알고 핫산을 위해서라면 천 번이라도 위험을 무릅쓰겠다고 다짐하며 탈레반의 일원인 핫산의 아들을 미국으로 데려온다.

연애소설보다 더 아픈 이야기에 "불쌍한 아프가니스탄, 가엾은 아프가니스탄"이라고 아이들은 되뇌며 탈레반에 대해 질문하고 대단한 열정을 보인다. 이왕 말이 나온 김에 세계지도에서 아프가니스탄을 찾아보게 하고, 수도인 카불을 찾아 동그라미를 그린다. 탈레반에 대해 얘기하고 1979년 소련의 개입과 2001년 미국 쌍둥이 빌딩 이야기까지 간단히 말해주었다.

5월에 앙드레 지드의 《좁은 문》으로 토론해 본 신문편집부 아이들이 이 책으로 독서토론을 하자고 제안한다. 이렇게 반가울 수가! 나는 감사함에 냉큼 허락한다. 당장 겨울 방학에 읽고 3월이면 바로 토론하자고 날을 잡는다.

아프가니스탄! 작년에 교사들의 독서토론에서 한비야의 《지도 밖으로 행군하라》를 통해 아프가니스탄에 관해 이야기한 바 있어, 이번에는 할레드 호세이니의 《연을 쫓는 아이》를 선정하게 되었다. 저자의 자전적 소설을 통해 아프가니스탄을 접하게 된 교사들은 약소국의 비애를 보았다며 대한민국에 살고 있음만으로도 감사하다고 한다. 교사들의 토론이 끝나자 밖에는 함박눈이 제법 소복이 쌓였다. 이 함박눈이 만병통치약으로 둔갑하여 지뢰에 다리를 잃은 아프가니스탄의 아이들이 모두 다리를 되찾았으면 좋겠다. 수리수리마수리!!! 아브라카다브라!!!

·· 2010년 12월 씀

귀여운 공자님

수업 중에 갑자기 비가 내린다. 창밖을 보던 아이들이 환호성을 지른다. 낙엽만 굴러도 웃는 여중생들이라 비 오는 소리에도 크게 반응을 보인다. 기쁨의 감성을 크게 표현하는 아이들의 자유로움에 감사함을 느끼는 동시에 본 수업으로 아이들을 되돌리려면 꽤나 시간이 걸릴 듯하여 걱정스럽기도 하다. 내 생각을 읽었는지 한 학생이 이번에는 선생님들은 고리타분한 책을 읽는 것 같다고 말한다.

이때다 싶어서 《논어》가 무슨 책이냐고 물으니 공자와 관계된 이야기인 것 같다고 한다. "공자님의 엄마가 무당이어서 공자님이 무덤 옆에서 살았대."라고 말을 꺼냈더니 쥐죽은 듯이 조용해지며 다음 말을 기다린다. 그래서 아이들을 놀리려고 "빨리 진도 나가자."라고 했더니 공자님 이야기를 해달라고 아우성이다. 못 이기는 척 공자님 이야기를 이어간다. 공자님이 무당인 엄마와 살아서 제사의 차례도 중시했는지 모르겠다고 내가 말하자 "공자님이 사람이었네요."라며 한 학생이 끼어든다. 아이들은 재미있는 이야기 중에 끼어든 친구에게 눈을 흘기며 핀잔을 준다.

재미있는 것은 공자님의 아버지가 60이 넘어 엄마를 만났는데 그때, 엄마 나이가 18살 정도였다고 하자 아이들이 깜짝 놀란다. 한 아이가 "공자님은 첩의 자식이네요."라고 하니 모두들 "맞네, 맞네."라며 맞장구친다.

공자님도 신이 아니고 사람인지라 벼슬도 하려고 많은 노력을 했었다고 이야기했더니 아이들이 공자님이 일반 사람이었다는 게 신기하고 공자님의 행동이 귀엽다고 한다. 그러면서 자신들도 이제 공자님도 안다고 으쓱댄다.

앎의 즐거움을 알게 된 우리 교사들이 소설보다는 이제는 인문학 책에 관심을 더 보인다. 이번에는 《논어》를 쉽고 재미있게 쓴 《행복한 논어 읽기》를 보기로 했다. '논어'라는 그 이름만으로도 어렵고 무서워 도전하기 힘들었는데 막상 부딪쳐 보니 생각했던 것보다 재미있다. 선생님들도 공자의 지극히 인간다운 모습에 놀라고 있다.

·· 2011년 10월 씀

터치만 해도 안 된대요(Untouchables)

여학생들의 노랫소리는 모든 것을 사랑하게 만든다. TV에서 부르는 여느 가수의 노래도 이보다 좋을 수는 없다. 이 좋은 아이들의 노래를 위해 교내 합창대회를 시행해 보자 하여 30여 년 전에 시작했으나 그동안 담임들이 스트레스가 많다고 폐지하자는 의견과 전통으로 살리자는 의견이 맞서는 등 우여곡절이 있었다. 지금은 우리 학교의 전통으로 자리 잡았는데 음악 선생님의 열정이 없었다면 이 아름다운 소리를 지금까지 듣지 못했을 것이다.

합창대회로 정신이 없는 틈에 나는 신문편집부 학생들에게 교사 모임에서 선정한 《신도 버린 사람들(Untouchables)》로 토론하자고 제안하며 인도의 카스트 제도 밖에 존재하는 불가촉천민의 삶과 주인공이 대학 총장이 되기까지의 이야기를 한다. 책에 흥미를 붙인 아이들이라 간단한 줄거리만 듣고도 해보자고 덤비는 모습이 참으로 아름답기까지 하다. 또 조별로 나누어 독서퀴즈를 통해 내용을 확실하게 이해한 다음에 토론하는데 이번에는 토론보다는 토의라고 해야 맞을 것 같다. 교과서를 통해서 인도의 카스트 제도는 배웠지만, 그 외 인도의 많은 것들을 아이들이 새롭게 알아가는 과정이었기 때문이다.

우울한 날에는 독서토론이 힐링 역할을 한다. 《신도 버린 사람들(Untouchables)》을 통해 알게 된 인도의 모습에 교사들은 놀라움을 금치 못한다. 사회 선생님의 설명으로 갠지스 강의 현재를 듣고, 아직도 존재하는 카스트 제도에 대해 들으며, 눈으로 확인할 때까지는 믿지 않겠다는 표정이다. 불가촉천민인 자다브를 대학 총장으로 만든 그의 부모의 길과 내가 살아온 부모로서의 길을 비교하며 우리는 한없는 부끄러움으로 할 말들을 잇지 못한다.

·· 2012년 6월 씀

알리바바의 나라에 양탄자를 타고 가다

한 학생이 이 책은 무슨 책일까 감을 잡을 수 없다고 고개를 갸웃거린다. 그래서 아이들에게 이슬람에 대해 아는 대로 말해 보라 하니까 한 학생이 이슬람에 대한 책이냐고 하며 첫 마디가 이슬람은 나쁘단다. 그래서 우리가 알고 있는 이슬람 국가는 어떤 나라인지 자세히 알고 싶어서 교사모임에서 이번에 《신의 정원에 핀 꽃들처럼》이라는 책을 선정하게 되었다고 했다. 다시 이슬람에 대해 생각나는 대로 말해보라며 2학년 중에 제일 유식한 반이 아무 말을 하지 못하면 어떤 반이 대답하겠느냐고 부추기니 기분이 우쭐해졌는지 바로 답이 나온다.

이슬람 국가! 우리와는 먼 나라. 꿈속 같은 나라. 히잡을 써서 온통 얼굴을 가리고 양탄자를 타고 하늘을 날고, '알리바바와 40인의 도적'이 있는 나라. 오로지 술탄을 위해 몇백 명의 여인들이 기다리고 있다는 하렘이 있는 곳. 9·11테러로 미국 쌍둥이 빌딩을 날려버린 세력. 탈레반이라는 무시무시한 단체가 사람을 마구 죽이는 나라라고 나름대로 대답하는 게 어른들이 알고 있는 것과 별반 다르지 않다.

이 책은 그 신비한 나라, 무서운 나라 여성들의 삶 이야기라고 하니 두 눈을 동그랗게 뜨고 이야기에 집중한다. 아마도 아이들은 이슬람의 하렘 이야기를 기대하고 있었을 것이다. 그런데 아이들이 잘못 짚었다. 하렘의 이야기가 아니라 아랍 여성해방론자들의 이야기다. 그들의 잘못된 가족법, 이슬람교에 대한 자긍심, 이슬람의 원리주의를 말하는 이야기라고 하니 아이들은 하나같이 입을 삐죽인다. 그 천진난만함에 나는 한바탕 웃고 말았다.

책이 너무 두꺼워서 읽지 않은 선생님들도 많았지만, 오늘은 교무실 분위기가 조심스럽다. 새 학기가 시작되기 전에 업무 분장을 모두 끝마치는데 교육청이 갑자기 생뚱한 공문을 보내면 학교에서는 서로 맡기를 꺼려하여 분위기가 이상해진다. 오늘 토론은 없던 일로 해야겠다.

·· 2012년 9월 씀

책으로 얻어맞았어요

요즘 베스트셀러인데 우리도 이 정도는 읽어야 하지 않느냐고 사회 선생님의 추천으로 《책은 도끼다》를 읽게 되었다. 저자는 참신한 아이디어로 광고계에서 독보적인 분이라고 하니 모두들 흥미롭게 관심을 가진다. 그런데…… 책이 너무 어려워 책장을 넘기기가 쉽지 않다고 선생님들의 성토가 이만저만이 아니다.

이번 교사들의 토론 책에 한 학생이 고맙게도 관심을 보인다. "책의 제목이 무서워요. 어떻게 책이 도끼가 되어요?"라고. 감사하다. 이 정도만 나와도 나는 책 이야기를 슬쩍 건드려 보는데 책 내용이 만만치 않아 "책을 읽으면 깨우침이 있어야 한다는 의미"라고 말하니 아이들이 또 고개를 동으로 돌린다.

그래서 내가 책을 많이 읽어서 성공한 사람들의 이야기를 해줄 테니 잘 들으면 독서토론에서 5점을 기본으로 깔고 시작하겠다고 공약(空約)하니 착하고 예쁜 아이들이 너무나 사랑스럽게 경청한다.

아이들에게 "동양에서는 노벨상을 받기가 어려운데 어느 나라에서 가장 많이 받을까?" 질문하니 "한국?", "중국?", "일본?" 다 나온다. 일본이라고 하니 아이들이 일본이 싫단다. 그래서 싫더라도 배울 것은 배워야 하는데 우리나라도 일본의 메이지 유신의 핵심 중의 하나인 고전 읽기를 우리나라에 도입했던 적이 있다고 하며 고전이란 무조건 옛날 것을 말하는 것이 아니라 가치 있는 책이라고 말해준다.

메이지 유신 때부터 일본은 고전 읽기를 장려하여 100여 년 동안 시행하고 있어 일본에서 노벨상을 많이 받는다고 하며 일본뿐만이 아니라 서구의 유명 대학들은 고전 읽기를 필수 과목으로 정하고 있다는 것을 말한다.

그리고 여러분이 잘 알고 있는 스필버그 감독이 책벌레라서 남들이 생각할 수 없는 것들을 창조해 내서 세계를 휩쓰는 영화를 만들어 내고, 스티브 잡스도 집의 헛간에서 책 속에 파묻혀 살았고, 빌 게이츠는 1주일에 1책 읽기를 목표로 삼고 인공지능 시대에 기계의 노예가 되지 않으려면 뇌를 단련해야 한다며 뇌 단련법은 독서가 최고라고 했다고 강조한다.

선생님들과 읽은 《책은 도끼다》에서 좋은 책을 선정해 주어 다음에 선생님들은 그 책에서 선정한 《칼의 노래》와 《참을 수 없는 존재의 가벼움》을 읽기로 했다는 것까지 이야기해 주니 선생님들이 존경스럽다며 책은 많이 읽어야겠다고 고개를 끄덕인다. 이것만으로도 오늘도 성공이다.

·· 2012년 10월 씀

책만 보는 바보, 책만 보는 천재

올해에는 동아리 두 반을 맡기로 했다. 「또래상담부」는 내가 상담실을 운영하니까 맡는 것은 당연한데 재능기부 차원에서 「책과 함께 떠나는 세계여행」이라는 반을 신설해서 맡게 되었다. 금요일 6~7교시에 만나는 「또래상담부」 학생들을 모집하기 위해 취지를 게시판에 붙였더니 삽시간에 많은 학생들이 지원해서 선별하는 데 상당히 애를 먹었다. 그래서 1년 동안 하교 후에도 너무 많이 해야 하니까 시간이 없는 학생은 스스로 포기하라고 달래고 달래서 남은 12명의 학생으로 또래상담자를 정하게 되었다. 3개월 동안은 상담자로서 훈련을 쌓고 2학기부터 직접 또래들을 상담할 수 있도록 할 것이다.

화요일과 수요일 7교시에 만나는 「책과 함께 떠나는 세계여행」 반 학생들은 아무래도 책을 좋아하는 학생들이 모여서인지 매우 적극적이다. 5년 전쯤에 신문편집부 학생들과 토론한 《책만 보는 바보》라는 책이 학생들뿐만 아니라 선생님들에게도 꼭 필요한 책이라고 생각되어 올해에는 이 책으로 학생들과 토론하기로 했다. 동아리 학생의 숫자가 적어 교실에서 수업시간에 토론할 때보다 훨씬 안정적이고 좋다.

책을 다 읽은 후에 학생들은 4조로 나누어 독서퀴즈를 하고, 토론할 때에는 양 팀으로 나누어 '공부의 중요성과 교우관계의 중요성'을 주제로 의견을 나눈다. 토론에 임할 때에는 팀의 입장에서 열변을 토하며 말했지만, 마무리할 때에는 두 가지가 모두 중요하지 않겠냐고 정리한다.

이 책의 등장인물 중에서 가장 인기 있는 사람은 주인공인 이덕무가 아니라 당귀(당나라 귀신)로 소문난 박제가였다. 첩의 자식인 그의 아픔을 이해하며 한 걸음 더 커가는 아이들이 대견스럽다. 아이들은 책이 주는 의미에 감사해하며, 2학년 역사 시간에 실학을 배우는데 실학자에 대해 깊이 알게 되어 기쁘다고 말한다.

책의 주 독자층은 학생들이라 글씨도 크고 내용도 쉽게 쓰였지만, 내용이 좋아 교사동아리에서도 《책만 보는 바보》를 선정했다. 지적 호기심을 채워준 책이라고 모두들 행복해한다. 박지원, 박제가, 이덕무, 홍대용 등 그들의 삶을 지켜보아서 좋았다는 의견이지만, 역시 박제가를 향해 뜨거운 관심을 보였다. 박제가를 소환하여 팬미팅을 실시해야 할 것 같다.

·· 2013년 5월 씀

아버님께 보내는 편지

이번에 교사모임에서는 지난달 《책만 보는 바보》의 2탄에 해당하는 《다산의 아버님께》를 선정하게 되었다. 정약용 선생의 자제분이 아버지에게 편지를 보내는 형식으로 아버지를 향한 그리움을 말하고 있는 책이다. 이번에도 「책과 함께 떠나는 세계여행」 반에서 이 책을 토론하기로 했는데 지난달보다 적극성이 눈에 띄게 약해졌다. 독서퀴즈까지는 잘했는데 책이 심심하게 흘러가서 토론할 내용이 별로 없단다. 그래도 천주교 때문에 풍비박산 난 이 가정이 안타깝다느니, 아버지의 학문을 아들이 존중하는 모습이 보기에 좋다느니 중요 핵심은 아이들이 알고 있어 교사로서 기쁘다. 아이들에게 활력을 넣어주려고 오늘도 고려가요의 하나인 〈사모곡〉을 노래해 준다.

호미도 날히언마라난/ 낫가티 들리도 없으니이다.
아바님도 어이어신마라난/ 어마님가티 괴시리 없세라.
아소 님하/ 어마님가티 괴시리 없세라.

다시 읊어 달라고 한다. 천천히 다시 읊는다. 아무래도 고려시대의 말이라 단어 하나하나 풀어주고 나니 그제야 이해한다. “사모곡은 아버지보다는 어머니의 사랑이 크다는 말이네요.”, “사모곡은 엄마의 사랑을 이야기하지만, 학유는 아버지의 사랑을 말했는데요.” 예상했던 의견이 나왔지만, 두 작품의 내용을 아이들이 이해한 것만 해도 나는 감사하다. 그래서 대답해 준다. 여러분 말이 맞다고. 그러나 부모님의 사랑을 생각한다는 면에서는 같이 생각하라고. 《다산의 아버님께》를 읽다 보니 고려가요 〈사모곡〉이 생각났다고. 그랬더니 알겠다고 큰소리로 답한다. 기특하고 고맙다.

교사동아리 모임이 있는 날은 기분이 좋다. 동아리 선생님들도 모두 이날을 기다린다고 한다. 이런 기회가 아니었다면 언제 이 좋은 책을 읽겠느냐고 한마디씩 한다. 오늘은 분명히 책을 거의 읽었나 보다. 책을 읽었을 때 나오는 반응이다. 읽지 않으면 참석도 많이 안 한다. 아무튼 감사하고 고맙다. 오늘은 교외로 나가서 맛난 저녁을 먹고 차도 나누자고 하여 전주를 벗어나 매운탕을 먹으며 함께 이야기하니 귀가 시간이 늦어진다.

·· 2013년 6월 씀

그의 이름을 불러주었을 때, 그는 꽃이 되었다

교과서에 실린 고은의 〈그 꽃〉을 학생들과 이야기해 보았다. '올라갈 때 보지 못했던 꽃을 내려올 때 보았다'는 3행의 아주 짧은 詩이다. 느낌을 말해 보라고 하니 처음에는 모두 다 비슷한 대답만 하기에 꽃을 꽃으로만 보지 말고 사람이나 동물로 대치해서 말해보자고 했더니 어른보다 더 깊이 있는 마음들을 드러낸다. 공부를 못하는 친구라고 무시했는데 과학의 세계를 통달하고 있어 존경하게 되었다는 등, 술만 먹고 소리 지르는 옆집 할아버지가 구청에 돈을 기부하는 마음이 있었다는 등.

인터넷을 통해 고은 시인의 모습을 보여주었더니 아이들의 반응도 다양하다. 짐작한 대로의 모습이라느니, 너무 늙었다느니, 우리 고장에 산다는 게 신기하다느니. 이번 기회에 시가 짧으니 외우자며 외운 사람에게 초콜릿 하나씩 주겠다고 하니 순식간에 외워버린다. 머리가 이렇게 비상할 수가. 초콜릿이 이렇게 좋은 약이 될 줄이야!

이게 바로 시의 묘미다. 시를 통해 삶의 다양성을 보는 것도 필요하지만, 그 시를 통해 아름다운 마음을 공유하는 순간이 더 중요하다. 아이들로 인해 나는 오늘도 행복 하나를 얻어감에 감사함을 느낀다.

이번에는 편안한 마음으로 시를 공부해 보자고 국어 교사가 고은의 《순간의 꽃》을 선정했다. 인문학책이나 두꺼운 소설을 토론할 때보다 시를 공부할 때 선생님들의 목소리가 아주 커진다. 이렇게 유명한 작가가 탄생한 것은 전라도의 자랑이라느니, 주사가 심하다느니, 어디에서 들었는지 소문도 다양하다. 선생님들은 다음의 시를 어떻게 시집에 실을 수 있었는지 재미있다고 한다.

> 여름방학 초등학교 교실들 조용하다
> ……
> 김옥자의 유방이 제일 크다

·· 2013년 7월 씀

눈길! 희망과 아픔의 공존

선생님들이 들고 다니는 《눈길》에 아이들이 눈길을 보내지 않는다. 인문학책이나 제목이 어려운 책을 아이들은 당장에 알아차린다. 책 표지도 화려하지 않아서 고개를 돌린다. 아이들이 눈길을 주지 않는다고 그냥 넘어갈 내가 아니다.

예전에 치료하기 힘들었다는 한센병(문둥병) 이야기를 하며 서정주의 〈문둥이〉라는 시와 한하운 시인의 〈파랑새〉라는 시를 읊어주고, 《눈길》을 쓴 이청준이라는 분의 대표작이 《당신들의 천국》이라고 말해준다.

몇 년 전에 신문편집부 선배들이 《당신들의 천국》을 읽고 토론하며 패닉 상태에 빠졌다는 말도 꺼낸다. 어른인 나도 《당신들의 천국》을 읽고서야 한센인들에 대한 일본과 정부의 야만행위를 알고 놀랐는데 어린 학생들은 오죽했겠는가. 신문편집부 학생들은 기막힌 그때 상황에 토론하며 엉엉 울기까지 했다고 하니 교실은 쥐죽은 듯 조용해지며 아이들이 오늘은 내 이야기 속으로 빠져들 심산이다. 《눈길》을 아이들과 토론할까 망설였는데 중학생에게는 조금 어려울 것 같아 간단히 줄거리만 말해주는 것으로 정리한다.

늙은 어머니와 몹시도 서먹한 주인공은 시골의 어머니 집에서 하룻밤을 지새우며 어머니가 집을 고치기를 원하는 걸 알게 된다. 주인공은 어머니에게 빚이 없다며 되뇌지만, 그 옛날 눈길 속에 자신을 도시로 보낼 때의 일을 어머니가 아내에게 해주는 이야기를 들으며 주인공은 화해의 눈물을 흘린다.

이번 교사모임에서는 이청준의 단편집 《눈길》을 선정했다. 효자동에 멋진 카페가 생겼으니 학교를 벗어나서 분위기 있는 공간에서 토론하자고 하여 차 몇 대로 이동한다. '어머니'라는 주제가 있으면 서로 말을 꺼내질 못한다. 10여 명이 모였는데, 시작하기 전에 눈물부터 보이는 교사들도 있다. '효도하고 싶은데 부모는 기다려주지 않는다'는 말이 자신한테 한 말이었다고, 《눈길》은 자신의 이야기와 완전 판박이라고, 그 어머니는 자신의 어머니였다고 교사들은 자신의 마음속을 드러내 주었다. 오늘은 서로의 슬픔을 어루만져 주고 이해해 주는 마음 따뜻한 시간이었다.

‥ 2014년 4월 씀

영화 〈트로이〉를 보셨나요?

상담 일을 하면서부터는 동아리 활동 시간과 방과 후 시간에만 아이들과 수업한다. 아무래도 본 수업시간이 아니니, 시간에 제약을 받지 않으면서 책 이야기를 편안하게 할 수 있어서 좋다. 국어 수업을 할 때와 마찬가지로 오늘의 이야깃거리를 기대하면서도 이미 학생들은 정답을 알고 있다. 오늘은 호메로스의 《일리아스》라는 것을. 많은 선생님들이 이 책을 들고 다니니 학생들이 알 수밖에.

그러나 너무 두꺼운 책을 보고 아이들은 고개를 살래살래 흔든다. 그렇게나 두꺼운 책을 읽고 싶었냐고 묻고, 다 읽었느냐고 되묻는다.

어떤 학생은 내가 말하기 전에 먼저 《일리아스》가 영화 〈트로이〉의 내용이라고 말해서 어떻게 알았느냐고 했더니 자신이 원래 배경지식이 많아서 그렇다고 뻐기다가 아이들의 눈총을 받는다. 친구들의 귀여운 질투에도 아랑곳없이 브래드 피트가 너무 잘생겼다고 분위기를 띄운다. 그래서 줄거리를 말하라고 했더니 영화 내용을 참 잘 설명한다.

그런데 아이들이 《일리아스》의 주인공인 '아킬레우스=일리아스'라고 알기에 일리아스는 트로이의 왕족 이름이라고 말해 주고 이 책의 저자 호메로스에 대해 간단히 설명해 준 뒤에 영화 배경 장면을 인터넷을 통해 잠깐 감상한다.

더불어 《일리아스》와 쌍벽을 이루는 《오디세이아》의 주인공은 오디세우스인데 그리스의 장군으로 아킬레우스와 친구로 지내며 트로이 목마를 만든 꾀가 많은 사람이라고 요약해 준다. 영화를 통해서라도 세계문학에 발을 디디는 학생들의 모습이 보기 좋다.

《일리아스》는 《오디세이아》와 더불어 꼭 천병희 님이 번역한 책을 사서 보아야 한다는 국어 교사의 추천으로 주문하려 알아보니 책값이 너무 비싸고 800페이지가 넘어 시간 여유가 있는 선생님들만 주문하기로 했다. 읽은 선생님들이 많지 않아서 도서실로 자리를 옮겨 공통 주제만 간단히 이야기하고 다음에는 좀 더 가벼운 책을 선정하자고 의견을 모은다.

·· 2014년 11월 씀

PART

03

아이들은 여러 번 자란다

귀여운 배신

육사의 〈청포도〉를 외워 오기로 굳게 약속했다. 그런데 외우지 못한 학생이 많다. 국어 교사로서 아이들에게 시를 해석하게 하는 것은 슬픈 일이다. 시험을 보아야 하니 어쩔 수 없이 해석은 해주지만, 외우다 보면 시인의 말투와 시인의 생각이 고스란히 전달되기 때문에 해석에 앞서 외우기를 권한다. 〈청포도〉 하나쯤은 꼭 외워야 우리의 삶을 안락하게 해준 그분의 노고에 감사하는 길이라고 누누이 말했건만. 나는 오늘 우리 학생에게 귀여운 배신을 당했다.

아이들이 교무실로 달려왔다. 우리 반 꼴등인 아이가 영어 단어 시험을 하나 틀렸는데 커닝을 했다는 것이다. 그래서 누가 본 사람이 있느냐고 했더니 본 사람은 없단다. 도둑질과 커닝은 증거가 없으면 크게 상처를 줄 수 있기 때문에 조심스러워서 본 사람이 없으면 그 일에 관심조차 두지 말라고 말해두었다. 점수가 반영되지 않는 쪽지 시험이라 다행이라는 생각이 들었다. 학생의 엄마가 우리 학교 졸업생인데 엄마도 학창시절에 공부를 못했다. 자신의 못다 한 꿈을 펼치려 엄마가 아이에게 집요하게 매달리는 것 같아 평소에도 안타까웠는데 이런 일이 일어났다. 엄마와 나 둘 다 호되게 배신 한 방 먹은 셈이다.

내 젊은 시절의 교사 생활이 주마등처럼 흐른다. 난 국어 담당인데 복도 쪽을 커튼으로 완벽하게 차단하고 우리 반 아이들에게 영어와 수학을 가르쳤다. 다른 선생님들이 보면 염치없으니까 그렇게 조심스럽게 가르쳐 우리 반의 성적이 좋았었다. 그런데 나만이 이렇게 한 것은 아니고 다른 교사들도 많이 그렇게 하던 시대였다.

인간관계에서 수없이 일어나는 배신. 우리는 아이들의 귀여운 배신부터 교사들 사이에서의 조그만 배신, 크게는 국가의 배신을 보며 살고 있다. 2008년 우리 시대 최고의 화두는 '배신'이었다. 1년 전에 대한민국을 뒤흔든 이 책 《21세기를 사는 지혜, 배신》을 우리 교사들은 당연히 보아야 했다. 교사들은 한마디라도 더 하려고 토론에 열을 올린다. 선생님들의 적극적인 이 토론의 마당이 참으로 자랑스럽고 사랑스럽다.

··2009년 9월 씀

소크라테스도 변명했대요

우리 반에 춤을 수준급으로 잘 추는 아이가 있다. 시간만 나면 그 아이는 교단에 나와 춤을 추어 학급을 즐겁게 한다. 통통한 몸매로 그렇게 아름다운 춤을 추는 모습은 기적이다. 이렇게 잘 춤을 잘 추는데도 학교 댄스동아리에 합격하지 못했다. 친구들 이야기는 얼굴과 몸매가 받쳐주질 않아서 떨어졌다고 하는데 만약 그렇다면 본인은 얼마나 속상할까 싶다.

그런데 이 아이가 정말 다재다능하다. 그리스 로마 신화도 나보다 더 많이 알고 있어서 신들의 이야기를 줄줄줄줄 읊어댄다. 이보다 더 출중한 것은 과학이다. 나는 과학에 문외한인데 이 아이는 과학의 세계도 훤히 알고 있어서 태양계 별들의 특징을 명료하게 설명도 잘한다. 내가 궁금해하니까 본격적으로 자리를 잡고 잘도 가르쳐 준다.

춤도 잘 추고 책도 많이 읽었는데 이상하게 친한 친구가 없다. 친구를 원하는 중학교 1학년일 뿐인데. 그런데 또 신통하게도 잘 견디면서 지낸다. 그냥 쿨하게 넘기면서 어린 마음속은 어떨까 안타깝기도 하다. 친구들은 아직 중학생이라 남자 친구의 이야기도 호기심 정도인데 이 아이는 남자 친구 이야기를 너무 많이 한다고 한다. 남자 친구도 없으면서 스스로 이야기를 만들어 내어 실제 있었던 것처럼 말하고 다니니 친구들에게 신뢰를 잃은 것 같다.

그래서 조심스럽게 아이 엄마에게 전화하여 아이의 재능이 뛰어나니 잘 살려주면 좋겠다고 부탁했다. 그리고 아이에게는 친구들이 부담스러워하는 이야기는 하지 않았으면 좋겠다고 했더니 자기는 친구들에게 공부 이야기와 춤 이야기밖에 하지 않는단다. 그래서 변명하지 말고 친구들과 잘 지내라고 했더니 "소크라테스도 변명했대요." 한다. 이렇게 황당할 수가. 우리 반 학생 덕분에 나는 오늘 읽으려고 몇 번을 시도하다 멈춘 《소크라테스의 변명》을 읽기 시작한다.

·· 2010년 4월 씀

파우스트처럼 착한 본성을 찾아요

우리 반 학생이 다른 학교 학생에게 맞았다고 경찰에서 전화가 왔다. 길가에서 우연히 만난 초등학교 여자 친구가 과자 좀 사다 달라고 시켜 내키지 않았지만 사다 주었더니 옆에 있던 남학생이 담배도 사다 달라고 무리한 요구를 하길래 우리 아이가 고개를 저었단다. 그랬더니 그 남학생이 마구잡이로 우리 반 아이를 때린 일이 일어났다. 학생의 부모와 나는 그 학생을 경찰에서 강력하게 처벌해 달라고 요구했지만, 도리어 우리 반 아이가 먼저 잘못했으니 쌍방이 사과하는 것으로 끝내라고 경찰은 말한다.

그 남학생은 쳐다만 보았는데 우리 학생이 욕을 심하게 해서 때렸다는 것이 경찰의 말이고, 옆에 있던 친구가 증인이라는 것이다. 학교에서 욕 한마디 못 하는 착한 아이를 몰아간다고 우리 반 모든 아이들이 억울해하며 그 남학생과 그 부모님은 소문난 악마라고 재수 없게 걸렸다고 속상해한다. 친구의 억울함에 덩달아 힘이 되어 주는 우리 반 아이들이 예쁘고 고맙다.

그 남학생을 보니 악마 메피스토가 떠오른다. 남의 인생까지 악하게 만들려는 메피스토의 정신이 그 아이에게 있지는 않은지 잠깐 생각했지만 그 남학생의 마음에는 착한 본성을 찾으려는 파우스트의 마음이 훨씬 크게 작용하고 있으리라 믿어본다.

선생님들의 독서모임에서 우리도 《파우스트》 정도는 읽어야 하지 않겠느냐고 추천했다. 감사하다. 대학 시절부터 몇 번을 읽다 포기했었는데. 혼자서는 완독하기 어려운 책도 이렇게 토론한다고 하면 읽지 않을 수가 없다. 민음사에서 1999년에 나온 이 책은 그래도 쉽게 쓰인 것 같아 완독했는데, 어떤 선생님은 누가 이렇게 재미없는 책을 선정했느냐고 귀여운 눈총을 보낸다.

·· 2011년 4월 씀

멈추면, 사랑이 보여요

새 학기가 시작되자 교내 전체가 반짝반짝 윤이 난다. 교실을 얼마나 깨끗이 청소했는지 이 상태로만 유지된다면 담임으로서 감사하다. 2월에 새 학급 발표가 있으면 새 담임은 으레 환경 정리를 할 날짜를 정하고 같이 청소해 줄 학생들은 나와 달라고 한다. 그러면 몇몇을 빼놓고 거의 모두가 봄방학 중임에도 나와서 너무 열심히 사랑스럽게 담임을 도와준다. 덕분에 교실은 윤이 나고 쉬는 날에도 학교에 나와 청소해 준 아이들 덕에 선생님들은 간식 준비로 호주머니를 털어야 한다. 새로 만난 아이들이 새 담임 눈에는 모두가 너무 예뻐서 나중에 미운 짓을 하면 환경 정리를 할 때 그 이뻤던 아이가 이 미운 아이가 맞나 하고 담임들은 의아해할 때가 많다. 그러면 우리는 잠시 멈추어야 한다. 멈추면 그 아이의 사랑이 보일 것이다.

오랫동안 같은 공간에서 숨 가쁘게 경쟁하고 있을 때, 사회 선생님이 우리에게 쉼표를 제안했다. 잠시 멈추어 보자며 교사 독서모임을 만들었다. 얼마나 오래갈지 의문이었는데 지금까지 너무 적극적으로 선생님들이 잘하고 있다. 독서모임의 기틀을 잡았던 사회 선생님이 이번 학기부터 화산중학교로 전근을 갔다. 교육에 대한 무한한 열정을 그 학교에서 펼치시길 기대한다.

독서모임의 타이틀도 「독서 그리고 여행」에서 「학이시습지 불역열호(學而時習之 不亦說乎)」로 바꾸었다. '배우고 때때로 익히면 또한 기쁘지 아니한가?' 공부의 즐거움을 알기에 모두가 좋은 이름이라고 찬성한다. 학기 초라 부담 없는 책으로 선정하자는 교사들의 성화에 국어 교사는 힐링이 될 수 있는 책《멈추면, 비로소 보이는 것들》을 선정했다고 설명한다. 제목을 한 줄에 쓰지 않고, 쉼표를 두고 두 줄로 쓴 이유를 궁금해하는 교사들은 이미 독서에 혜안이 있다는 증거다.

·· 2012년 3월 씀

참을 수 없는 가벼운 존재, 바바리 맨

"아악~~~~~" 수업 중에 한 학생이 경악하는 소리를 낸다. 깜짝 놀라 바라보니 다른 아이들도 다 같이 "아악~~~~" 경악하는 것은 마찬가지다. 창문으로 눈을 돌린 나도 같이 "아~~" 하고 만다. 교실 창밖으로 10미터쯤 떨어진 언덕에 바바리 맨이 나타났다. 아이들은 질겁을 하면서도 계속해서 바라보니 바바리 맨은 같은 행동을 계속하고 있어서 커튼을 모두 쳐버렸더니 "아악~~~" 소리는 옆 반에서도 그 옆 반에서도 들린다. 교무실로 연락해서 경찰에 신고하게 하고 아이들을 진정시킨다.

엊그제도 등굣길에 정신이 이상한 아저씨에게 희롱을 당한 학생이 놀란 마음을 진정하느라 수업을 듣지 못하고 보건실에서 있어야 했는데 문명이 발달할수록 이상한 사람들이 많아지고 있는 것은 안타까운 현실이다.

나도 모르게 "참을 수 없는 존재의 가벼움이야." 하고 중얼거렸더니 그게 무슨 말이냐고 한 학생이 질문한다. 마침 자연스럽게 선생님들이 읽는 책에 대해 말할 분위기를 만들어 주니 이 어찌 기쁘지 아니하겠는가? 나는 재빠르게 밀란 쿤데라의《참을 수 없는 존재의 가벼움》에 대해 간단히 이야기한다.

이 책의 여자 주인공 테레사는 현모양처형으로 조신하게 살아가기를 원하지만, 남자 주인공 토마시는 카사노바보다 더 여자를 좋아하는 바람둥이다. "책의 제목은 누구에게 해당되겠는가?" 했더니 모두가 토마시라고 대답한다.

토마시가 여자를 좋아하는 것을 참아내지 못한 것처럼 바바리 맨도 이상 행위를 참아내지 못하는 가벼운 존재였나 보다. 우리 예쁜 아이들은 좋은 것만 보고 살았으면 좋겠지만, 이런저런 세상이 있다는 걸 알게 되면서 자라는 것 같다.

교사동아리에서 이번에 선정한 책은 오래전부터 스테디셀러로 자리 잡은 밀란 쿤데라의《참을 수 없는 존재의 가벼움》이다. 잘 읽히지 않는다고 선생님들의 입이 大 자만큼 나왔다.

·· 2012년 11월 씀

내 젊은 날의 초상

중학교 2학년인 학생이 상담실에서 대성통곡을 한다. 중학교 2학년이면 정말 아기인데 좀 기다려 주지 못한 학교 측의 잘못을 아이의 울음을 보고 늦게야 반성한다. 오늘 한 학생의 아버지가 학교에 오셨다. 딸이 학교폭력에 관여했기 때문에 학교에서 연락하자 아버님은 놀라서 다급하게 오시느라 씻지도 못하고 온 것이다. 땀 냄새 나는 아버지의 모습이 너무 싫고 그런 아버지의 모습을 선생님들에게 보이기 싫었다고 한다.

나는 아이의 손을 잡고 내 어린 시절에도 다른 엄마는 화장도 하고 옷도 예쁘게 입는데 우리 엄마는 그러지 못해 엄마가 학교에 오는 게 싫었다고 공감을 해주고, 선생님들도 다 이해하고 있다고 걱정 말라고 안심시켰다. 아이를 보내고 나니 내 어린 시절이 주마등처럼 흐른다.

우리 아버지는 멋쟁이였다. 먹고살기도 힘들게 가난한 살림이었지만 우리 아버지는 부안 읍내에 소문난 한량이었다. 춤도 잘 추고 놀기도 잘하고 거기다 키는 작았지만, 참 예쁘게 생기셨다. 내 초등학교 시절에는 부모님들이 학교에 오는 일이 많았다. 나는 옷도 없고 화장도 안 하는 엄마가 오는 것보다 아버지가 오는 걸 바라고 있었다. 수업 중에 멋진 바바리를 휘날리며 복도로 걸어오는 우리 아버지는 내 기를 팍팍 살려주었다. 빚을 내서라도 맛있는 것을 많이 사주었고 당신 하고 싶은 거 다 하고 고민이라고는 아예 하지 않으셨다. 우리가 가끔씩 속상한 일이 있어 울고 있으면 아버지는 화를 냈다. 걱정한다고 해결되느냐고. 걱정 자체를 하지 않는 아버지였다. 평생을 항상 즐겁게 살았다. 경제력이 없는 아버지 때문에 엄마는 화장 한 번 못 해보고 옷 한 벌 못 사 입었는데 나는 멋쟁이 아버지가 학교에 오는 것을 즐겼던 것 같다.

학생의 이야기를 통해서 본 내 이야기는 어린 시절의 초상이지만 오늘의 교사 토론 책인 《젊은 날의 초상》은 청춘의 이야기다. 교사들은 우리의 젊은 날을 느끼기 위해 시내 한복판 레스토랑으로 가기로 했다. 오랜만에 회원 모두가 참석한 토론인지라 자리가 협소해서 식사 후에는 간신히 끼어 앉아 대학 시절의 이야기로 토론을 시작한다. 3월이라 아이들 파악도 힘들고 책을 읽을 시간도 부족했을 텐데 시간을 내어 토론에 참석하는 선생님들이 있어 행복하다.

‥ 2013년 3월 씀

콘돔과 개구리

학생이 와서 머뭇거리며 서 있다. 내일모레가 추석이라 할머니 집에 살고 있는 아빠가 보고 싶어 진안에도 가고 싶고, 집을 나간 엄마 얼굴이라도 보고 싶은데 이번 추석에도 언니하고 둘이서 지내야 할 것 같다고 외롭다고 한다.

추석이니까 할머니 집에 가지 그러느냐는 내 말에 언니와 자신을 벌레 보듯 하는 할머니를 만날 자신이 없다고 한다. 며느리를 닮은 손녀들이 너무 싫다고 대놓고 욕을 해댄단다. 개구리처럼 여기저기 씨만 뿌리고 사는 네 엄마와 너희도 똑같다며 집에 발도 못 붙이게 한단다. 설상가상으로 언니가 병원에 가야 할 일이 생겼는데 돈을 조금만 빌려주면 아르바이트로 바로 갚겠다고 한다.

인생을 살 만큼 산 할머니의 입에서 어떻게 그런 말이 나올 수가 있나 하는 생각이 들어 너무 화가 나고 어이없어 그런 할머니한테는 가지도 말고 할머니라고 부르지도 말라며 같이 욕을 한바탕 해주고 나니 아이가 빙긋이 웃는다. 아이가 돌아가고 나니 또다시 내 어린 시절의 이야기가 기억의 저편에서 솟아오르고 있었다.

정부에서 집집마다 찢어지지 않는 풍선을 나누어 주었다. 부모님들은 그 풍선을 서랍 맨 위에 숨겨두었지만, 우리는 용케도 찾아내어 누가 더 크게 부나 시합하곤 했다. 그걸 불고 다니는 우리들의 모습에 부모님들은 무척이나 민망해했다. 산아제한으로 정부에서 나누어 준 콘돔이었는데 어린 우리에게는 질 좋은 풍선이었다.

교사들이 〈개구리〉 책을 들고 다니니 아이들은 개구리 해부하는 과학책이냐고 묻는다. 소설책이라 했더니 빨리 내용 좀 말해달란다. 우리나라도 내가 어렸을 때 산아제한 운동을 국가 차원에서 했는데, 중국은 지금도 살벌할 정도로 하고 있다며 소설의 내용을 간추려 말해주니 귀를 쫑긋하고 잘도 듣는다. 본 수업시간에는 절대 이렇게 집중하지는 않아 얄밉기도 하지만, 교과서 내용보다 더 큰 그림의 수업을 하고 있으니 이 또한 감사하다.

·· 2013년 10월 씀

은근한, 그리고 우아한 거짓말

그렇게 인사성 좋고 밝은 아이(B) 때문에 한 아이(A)가 가슴을 쥐어짜듯이 아파하는 줄을 교사들은 그동안 전혀 모르고 있었다. 상담 일을 하면서부터는 상담실을 개방하여 점심시간에는 아이들의 놀이터로 만들다 보니 아이들의 이야기에 귀를 기울이게 된다. 그 자연스러움에서 아이들의 아픔을 알게 되면 데려다 이야기를 들어준다. 오늘 상담하는 아이(A)도 점심시간에 친구들끼리 하는 이야기에서 정보를 알게 되어 부르게 되었다. 10여 분을 엉엉 울고 난 후에 이야기를 시작한다.

이 학생은 공부는 아주 잘하는데 너무도 순둥이다. 친구들하고 놀 줄도 모르고 시간 나면 책 읽고 공부만 한다. 선생님들한테도 모두 예쁨 받는 이 아이가 미워서 시험이 끝나면 시내에 놀러 가자며 B가 한 팀을 구성한다. 웬일인지 A를 끼워 주는데 정작 출발할 때는 A를 빼고 자기네끼리만 가고 다음날에 왜 그랬느냐고 물으면 투명인간 취급을 해버린단다. 이런 일이 지속되니 선생님에게 말하기도 어렵고 너무 힘들었다고 A는 울부짖는다.

조심스럽고 마음이 여린 아이들은 차라리 수업시간을 좋아한다. 수업시간에는 짓궂은 아이들의 행동을 보지 않기 때문이다. 여학교인지라 학교폭력은 거의 없지만, 은근히 은따를 시키는 경우가 있다. 대놓고 폭력적인 아이들은 교사들의 눈에 바로 띄지만, 우아한 거짓말로 마음이 여린 아이들에게 함부로 대하는 아이들은 교사들이 모두 알지는 못한다.

사실 교사들이 가장 미워하는 아이들은 폭력적인 아이들보다 은근히 우아하게 거짓말하여 친구를 괴롭히는 아이들이다. 그래서 조회, 종례 시에는 친구에게 함부로 하지 말라고 귀에 못이 박히게 말하고 힘들게 하는 친구가 있으면 선생님한테 바로 말하라고 하는데 아이들은 이 또한 친구들의 눈치가 보여 어려운 일인가 보다.

이번에 토론할 책은 내 학급의 이야기며, 우리 모두의 이야기인지라 모든 교사들이 거의 완독한 것 같다. 그런데 지난달에 합류한 수학 선생님이 며칠째 결석하는 아이의 집에 가정방문해야 한다며 참여할 수 없다고 한다. 《우아한 거짓말》과 아주 흡사한 상황인지라 독서토론을 하지 않고도 이미 토론이 이루어진 거나 마찬가지다. 여리고 고운 선생님의 마음과 그 학생의 마음이 통하길 기대하며 오늘의 토론을 시작한다.

·· 2013년 11월 씀

투명인간이 되어본 경험이 있나요?

아이들의 성향은 다양하다. 가장 관심이 가는 학생은 자존감이 약해서 친구들에게 무시를 당하는 학생이다. 자신을 투명인간 취급한다며 울면서 상담실에 찾아오는 학생은 그래도 자신의 상황을 이겨내겠다는 의지가 있어 오히려 걱정을 조금 하지만, 친구들 문제에서 무관심으로 돌아선 아이들이 가장 걱정이다. 친구 문제는 이미 초월했다는 의미다. 혼자 놀고 혼자 공부한다. 이 아이들에게는 자꾸자꾸 이야깃거리를 만들어 다가가야 한다.

선생님들 모두가 아이들에게 많은 관심을 많이 기울이지만, 유독 아이들 마음을 더 잘 이해해 주는 선생님들이 있다. 내가 급할 때는 가장 먼저 손을 내밀어 도움을 청한다. 이 선생님들은 상담 교사인 나보다 훨씬 아이들 마음을 잘 다독여 줄 뿐만 아니라 아이의 가치를 인정해 준다. 친구들 앞에서 장난을 걸어주고 웃게 만들어 나도 학교에서 친한 선생님 한 명이 있다는 걸 친구들에게 자연스럽게 으스대게 해준다. 그러면 문을 닫고 표정이 어두웠던 아이들도 서서히 마음의 문을 열고 학교의 품 안에 들어온다. 도움을 받을 수 있는 선생님들이 많아 나는 행복한 교사다.

그렇게 여기저기서 노력하는데도 손길이 미치지 않는 아이에게는 1년에 한 번씩 한옥마을에 가서 하룻밤을 같이 보낸다. 이번에도 1학년 학생 중 관심을 많이 기울여야 할 여덟 명의 아이들을 데리고 6월 13일 하교 후에 출발이다. 도움 받을 선생님 두 분과 함께하는 소풍에 아이들은 준비 과정부터 궁금한 게 많은 것 같다. 궁금하지만 직접 묻기에는 자신이 없어 상담실 앞에서 기웃거리며 누구누구 가는지 조심스럽게 묻는다. 같이 가는 친구들을 말해주면 미운 아이가 없으니 다행인지 편안한 얼굴이다.

전동성당에서는 달빛을 보며 닭싸움을 하고, 길거리에서는 떡볶이를 먹고, 숙소로 돌아와서는 아이들과 게임을 하며 달밤의 별들도 세어보고, 같은 이불 속에서 속마음을 이야기하는데 아이들이 이렇게도 즐거워할 줄은 몰랐다. 교실에서는 완전히 투명인간으로 학교에 오면 입 한 번 벌리지 않는 아이들이 이렇게 떠들 줄이야. 너무 좋은 계획에 내 스스로가 뿌듯하다. 소풍을 가는 것은 정말 싫은데 이렇게 오니 너무 좋다고 다음에 또 가자고 벌써부터 재촉한다. 그 아이들이 더 이상 투명인간 취급을 받지 않도록 힘을 팍팍 실어줘야겠다.

이번 책 《투명인간》에 대해서는 선생님들이 적극적이다. 소설의 마지막 부분에서 주인공이 한강에 투신한 것 같다는 의견이 지배적이었는데, 수학 선생님이 그건 자살로 보면 안 된다며 주인공 만수는 가족에게서조차도 투명인간 취급을 받는다는 의미란다. 그런 것 같다. 선생님이 정확히 짚은 것 같다. 토론의 재미는 이런 거다. 내가 이해하지 못한 것을 이해할 수 있는 힘이 생기니까.

··2014년 6월 씀

재미가 없는 것도 레바논 감정일까?

한 학생이 작년과는 다르게 너무 의기소침해 있다. 작년에 주변에 많던 친구들도 이제는 아무도 없다. 작년에 친구들에게 무섭게 했기 때문이다. 3학년만 되면 아이들은 다 큰다. 여학생이라 그런지 일찍 철이 든다. 1, 2학년 때, 친구들 앞에서 힘 좀 있는 척한 아이들도 학교의 분위기에 젖어들어 스펀지처럼 스며든다. 그런데 가끔 몇 명은 스며들지 못하고 겉돌다가 친구도 없이 혼자가 되면 학교를 포기하겠다고 한다.

그러니 아이들은 여러 번 자란다는 말이 사실임을 매번 느낀다. 우리 학교는 타 학교에 비해 학교폭력이 거의 없는데, 교사들의 노력이 큰 몫을 한다. 학폭예방교육을 하라고 교육청에서 동영상을 보내주지만, 내가 봐서 자극적인 영상은 아이들에게 절대 보여주지 않는다. 대신 학교생활의 재미있는 이야기나 개그를 통한 즐거움을 보여주려 애쓴다.

그리고 학폭에 가담했으나 지금은 공무원이 되어 행복하게 살고 있는 선배의 이야기를 내 가족의 이야기로 바꾸어 말해주면 아이들의 집중도는 아주 높아진다.

이 학생이 학교에 재미를 붙일 수 있도록 사랑과 관심을 기울이는 것이 내가 할 일이다. 중학교 때는 친구가 제일인 것 같다. 급식을 먹을 때에도 혼자 외로이 먹는 것이 싫고, 은따라서 친구들이 이상하게 보는 시선도 무척이나 부담스럽다고 한다. 학교에 빠르게 적응할 수 있도록 나는 또 선생님들에게 요청하고 도움을 받는다. 적극적으로 도와주는 선생님들이 있어 오늘도 감사하다.

잠이 오지 않아서 TV를 보니 〈레바논 감정〉이라는 독립영화를 한다. 레바논이라는 단어에 이끌려 보았는데 레바논이라는 국가와는 전혀 상관없는 내용이다. 그냥 '요상한 감정'이라고 정의해야 할 것 같다. 오늘 상담한 그 학생이 작년과는 너무 다른 묘한 감정을 느낀다고 하는데 바로 이게 레바논 감정일까?

·· 2016년 3월 씀

SNS 때문에 몸살을 앓다

여름 방학이 다가오면 학교에는 많은 변화가 일어난다. 멋쟁이들은 멋쟁이들끼리 통하고, 놀기 좋아하는 아이들은 또 그들대로 뭉친다. 상담실에도 하소연하는 아이들이 줄어든 것을 보면 여름 방학이 다가왔나 보다.

그러나 아이들이 많이 외롭다. 방학하면 말할 사람이 없어 혼자 놀아야 하는 경우도 많다. 형제자매가 거의 없는 요즘 아이들은 부모님은 돈을 벌어야 하니 혼자서 핸드폰만 만지작거리다가 채팅창에도 기웃거리기도 한다. 관심을 기울이면 온갖 꾀임으로 중학생 어린아이의 마음을 흔들어 놓는다. 순간의 호기심으로 아이들은 경찰에 신고하고도 범인을 찾지 못해 괴로워하는 생사의 갈림길에도 들어서고 만다.

작년에 SNS로 인해서 마음고생을 한 학생이 올해 3학년이 되었는데 친구들에게 부러움을 한몸에 받으며 걸어 다니는 역사 사전으로 등극했다. 벌칙으로 교내 청소 1시간과 상담 1시간이 1주일간 주어졌는데 그 학생을 상담하다가 역사에 관심이 있다는 것을 알게 되었다. 세계사 부분을 말하는데 어느 부분은 나보다 더 많이 알고 있어 내가 여행한 곳을 중심으로 사진까지 보여주며 이야기했더니, 흥이 나서 배경지식을 쏟아내며 벌칙이 끝난 후에도 세계사를 얘기하자고 틈만 나면 상담실에 온다.

이제는 교과서 내용은 시시해서 인터넷 강의로 수능 역사를 듣는다고 한다. 이미 선생님들 사이에서도 역사 박사로 소문이 났다. SNS로 둔탁해진 머리를 다시 책이 도끼가 되어 잠재되어 있던 재능을 일깨운 것이다.

이번에도 우리 독서모임의 실질적인 리더인 국어 선생님이 《다시, 책은 도끼다》를 선정했다. 항상 좋은 책을 선정하느라 시간을 투자하는 선생님 덕분에 양서를 볼 수 있어 고맙기 그지없다. 그런데 "우리 수준을 너무 띄엄띄엄 아는 게 아니냐."라고 우리의 해피바이러스 선생님이 한마디 한다. 다음에는 우리의 서정성도 드러낼 수 있는 멋진 책을 선정하기로 한다.

·· 2016년 8월 씀

아이들은 세상의 우주

화가 잔뜩 난 학생이 아빠를 경찰에 신고해야겠다며 상담실에 왔다. 입만 벌리면 욕하고 생활이 욕이란다. 맨날 욕먹으면서 그런 아빠와 살고 있는 엄마도 도저히 이해할 수 없다며 1학년 때부터 몇 번을 아동폭력으로 신고하고 싶었지만, 참고 참아왔는데 이제 자신도 3학년이 되었으니 엄마도 보호해야 한다고 생각한다고 말했다.

교사는 아동폭력을 인지했을 때 경찰에 신고해야 할 의무가 있다. 학생의 불만을 들으면 학교에서는 위기관리위원회를 열어 상황을 판단한다. 학생의 아빠가 폭력은 행사하지 않으나 욕은 일상화되어 있어, 작년에도 학교에서 가정방문을 두 번씩이나 하며 아이가 아동학대로 신고하려는 마음이 있으니 언어사용에 조심하고 관심을 기울여주십사 간곡히 부탁했었다.

이번 토요일에 학생이 직접 아동보호센터에 찾아가는 일이 발생했다. 경찰이 개입하자 부모님은 그동안 노력했는데 순간적인 화를 참지 못했다고 몇 번을 빌면서 반성한다. 그런 환경인데도 학교에서는 친구들과 순진무구하게 놀고 있다. 학교를 좋아하는 이 자체로도 감사해야 할 것 같다. 더 많은 사랑을 주어야겠다. 교육에는 왕도가 없다는데… 잠시 일탈을 한 학생도, 언제나 범생이인 학생도 부모에게는 우주라는 걸 인지하며 이번 교사모임을 시작한다.

교사모임에서는 최준렬 시인의 《너의 우주를 받아든 손》에 대해 토론한다. 상담실에서 토론을 진행하기로 했는데 너무 많은 교사가 참여하여 옆의 복지실 의자를 모두 가져와 촘촘히 앉아 토론해야 했다. 시가 조금 어려운 면도 있지만, 시가 품격있고 고급스럽고 시어의 선택도 아름답다는 칭찬이 지배적이다. 그러나 시인이 우리 고장 출신이라 더 멋있게 보인다느니, 의사이면서 시인인 인재가 학창시절에 전주 시내에서 스쳐 지나가기도 했을 거라느니 하며 시인의 개인사에 더 관심을 기울인다. 기회가 된다면 최준렬 시인을 꼭 한번 초청해야 할 것 같다.

요즘 아이들을 교육하며 힘겨웠는데 우리 스스로에게 힐링의 시간이 되어서 좋았고, 그 아이들이 얼마나 소중한가를 다시 한 번 인식하는 좋은 시간이었다는 소감으로 토론을 마쳤다.

·· 2018년 10월 씀

PART 04

교내 행사로 크는 아이들

청춘! 때로 아프다

우리 학교 신문인 《코스모스》가 언론협회에서 주관하는 중고등학교 전국학교신문대회에서 최우수상이라는 영예를 안게 되었다. 25년여 전, 신문이라고 이름을 붙이기도 부끄럽게 워드만 겨우 쳐서 가위로 오려 붙이면서 시작한 신문은 교화의 이름을 붙여 코스모스라고 하게 되었다. 워드를 치는 것도 많은 시간을 들였고, 편집하는 것도 손으로 오려 붙였으니 그때는 그냥 수공으로 한 것이나 다름없었지만, 이 동아리를 시작한 나부터 학생들까지 자부심이 대단했다. 그렇게 짜깁기로 조잡하게 시작한 신문이 이제는 성인 대상의 신문보다 훨씬 알차고 튼실하다.

《코스모스》의 기자로 뽑히는 학생들은 자긍심이 대단하다. 그러나 명예 뒤에는 혹독한 훈련이 따르고 다른 동아리에 비해 야단맞는 게 다반사다. 1학년 수습기자들은 예년 신문을 보고 필사하는 과정을 거치며, 기사 작성의 틀을 익힌다. 2학년이 되면서 본격적으로 기사를 작성하는데 표제, 부제 등을 정하는 방법부터 기사 작성의 원리까지 꼼꼼히 배운다.

신문이 발행될 때에는 야간작업도 서슴지 않지만, 시간이 있을 때는 독서에 집중한다. 올해만 해도, 주홍글씨, 오만과 편견 등을 읽고 독서퀴즈와 토론을 진행했다. 이렇게 책으로 다져진 학생들은 당장 어느 신문사에 가더라도 신문을 편집할 자신 있다고 큰소리친다.

교사동아리에서는 요즘 베스트셀러인 《아프니까 청춘이다》를 토론하기로 했다. 읽고 난 교사들의 반응은 시큰둥하다. 직장을 구하지 못해 아파하는 청춘들에게 별 도움을 주지도 못할 것 같고, 작가가 자기 자랑에 급급했다는 평가가 지배적이다. 그러나 인생을 시계로 표현했을 때, 우리는 시간이 많은 젊은이로 표현했다는 점이 좋았다는 의견과 새롭게 알게 된 사실이 많아 도움이 된다는 의견도 있었다.

·· 2011년 9월 씀

정글 같은 체육대회

다시는 피구 심판을 하지 않을 것이다. 가장 힘든 것은 1 : 1 동점 상황이다. 상대편이 맞았을 때, 분명히 휘슬을 불어 나가라고 하는데 아이들은 지고 나면 심판을 잘못 보았다고 항의하는 바람에 무서워서 도망 다녀야 한다. 더 심각한 경우는 담임까지 합세하여 의심의 눈초리를 보낼 때이다. 하지만 하루만 지나면 무슨 일이 있었냐는 듯이 "선생님! 선생님!" 하며 애교 부린다. 교사는 이 맛에 하나보다.

아이들은 정작 체육대회 본 행사보다 준비기간을 더 좋아하는 것 같다. 연습한다는 핑계로 온갖 애교를 다 부려 수업시간을 빼낼 수도 있으니까. 아이들은 눈치가 백 단이라 연습 시간을 줄 선생님과 안 줄 선생님을 정확히 구분해서 찔러도 피 한 방울 안 흘릴 선생님에게는 말도 못 꺼낸다. 어렵게 얻어낸 수업시간에 그렇다고 열심히 연습하는 것은 절대 아니다. 막상 연습한다고 시간을 얻고서는 삼삼오오 모여 놀고 있는 모습을 자주 보인다. 그러면 시간을 준 선생님은 안절부절이다. 그러고는 다시 교실로 들어가자고 몰아

세운다.

체육대회 본 게임에 들어가면 정글 같은 전쟁이 시작되지만, 체육대회의 하이라이트는 모든 게임이 끝나고 아이들이 운동장에서 한바탕 벌이는 자신들만의 막춤이다. 모든 스트레스를 다 쏟아내듯 전교생이 운동장을 누비며 온몸을 불사른다. 놀 때는 확실하게 놀고, 공부할 때는 확실하게 공부하는 멋을 아는 아이들이다. 전쟁 같은 정글 속에서 질서를 찾고 스스로 도약의 발판까지 마련하는 아이들이 참 예쁘다.

이번에 교사모임에서는 조정래의 《정글만리》가 선정되었다. 중국이라는 정글에서 살아남기 위한 법칙을 적나라하게 펼친 소설이라느니, '관시'라는 단어를 이 책을 통해 구체적으로 살펴보았다는 등의 의견이 있었고, 오늘날 중국의 발전은 모택동의 정치혁명과 등소평의 경제혁명이었다고 사회 선생님이 덧붙인다.

·· 2013년 9월 씀

영란에게 들려주고픈 합창의 화음

교내 합창대회가 끝났다. 합창대회가 있으면 담임들은 스트레스를 받지만, 듣는 입장에서는 화음이 너무 좋아 합창대회가 자주 열렸으면 하는 속마음이 있다. 교내 구석구석에서 울리는 여학생들의 곱고 고운 화음이 사람을 행복하게 한다. 학생들은 1등을 하기 위해서 목이 쉬도록 연습한다. 열심히 지도했는데 자기 반 성적이 좋지 않으면 담임 교사들도 우울해한다.

합창은 리듬을 잘 타서 높낮이를 확실히 하면 잘하는 것처럼 들린다. 낮은음은 원래 음보다 조금 더 낮게 시작하고 높은음은 클라이맥스로 최대한 높여주면 강당이 공명을 일으키며 환상적인 공간을 자아내니 심사위원들은 점수를 많이 줄 수밖에 없다. 아무리 연습을 시켜도 등수 안에 들기 힘들었는데, 작년에 명예퇴직한 과학 선생님의 합창지도를 커닝하고부터 알게 되었다. 더불어 우리 반이 1등을 자주 했기 때문에 간혹 나는 지도 교사로 초빙을 받는 영광을 누리기도 한다.

이번 교사모임의 토론책은 소설 《영란》이다. 주인공은 상처를 치유하기 위해 목포에 내려가 '영란'이라는 여관방을 중심으로 좋은 사람들을 만나며 한 가닥 희망의 끈을 얻는 이야기다. 이 책도 지난번에 토론했던 《이 환장할 봄날에》처럼 여교사들에게 인기가 많다. 그래서인지 이번에는 독서모임 교사들이 거의 참석해서 시작도 하기 전에 자신의 의견에 동의를 구하려 떠들썩하다. 상실의 슬픔이 자신의 몸으로 전이되는 느낌을 받았다는 의견에서부터 그래도 영란은 행복한 사람이었다는 의견들이 다양하다. 서로를 이해해 주고 아픔을 보듬어 주는 오늘 밤, 별들이 유난히 따스하다.

·· 2015년 5월 씀

프레디 머큐리에게 도전장을 내밀다

매스컴의 힘은 대단하다. TV의 영향으로 복면가왕으로 교내 가요제를 진행하는데 무대에는 프레디 머큐리들이 많이도 등장했다. 여학생이 분장하는 프레디 머큐리는 진짜 프레디가 와도 기절할 만큼 똑같다. 누가 뭐래도 올해는 프레디의 해인 것은 사실이라는 걸 아이들의 장기자랑에서 알 수 있다.

2학기 2차고사가 끝나면 수업이 잘 이루어지질 않는다. 하여 학교에서는 2차고사가 끝나고 2주일 후에 교내 장기자랑대회를 실시한다. 처음 무대는 본교 사물놀이 학생들이 흥을 돋우고, 학교의 자랑인 D-girls 학생들의 춤의 무대가 관객을 끌어들인다. D-girls는 중학교 학생들의 실력으로는 압도적이어서 전국 무대도 휩쓸고 있다.

본격적으로 아마추어들의 댄스와 노래의 대결이 이루어지는데 예선을 거치고 올라온 학생들의 실력은 가수들보다 훨씬 월등하다. 본 경연이 끝나면 댄스파티가 열리는데 전체 학생의 30%는 무대에 올라와 음악에 맞춰 충분히 끼를 자랑한다.

'마마~'로 내 귀를 자극하던 〈보헤미안 랩소디〉, 〈we are the champion〉, 〈We will rock you〉, 〈radio ga ga〉는 내 젊은 날의 동반자였다. 내 삶의 일부에서 그냥 살고 있던 음악이라서 무조건 반사로 입에서 흘러나왔던 것 같다. 그만큼 우리 사회 깊숙이 퀸의 노래는 자리 잡고 있었다.

그러나 내 젊은 시절에도 그룹 퀸의 음악은 좋았지만, 리더인 프레디의 야성적인 목소리와 일탈하는 분위기는 그리 긍정적인 이미지는 아니었다. '엄마 내가 한 남자를 죽였어요'로 시작하는 그의 노랫말. 에이즈 환자. 이런 수식어가 프레디의 존재를 부담스럽고 터부시하게 만들었다. 그런데 이번에 멋진 감독이 그를 세계적인 영웅으로 만들어 버렸다. 이제 그는 이미 영웅이다. 《보헤미안 랩소디》라는 영화를 통해서 감독은 프레디 머큐리의 아픔과 음악에 대한 열정을 충분히 보여주었다. 지금 이 시간, 우리 강당에는 셀 수도 없는 프레디들이 나와서 또 다른 영웅을 만들고 있다. 그 영웅들은 시선이 고운 눈으로 우리에게 새들의 속삭임 같은 노랫말을 선사하고 있다.

·· 2018년 12월 씀

사랑의 졸업식

졸업식 준비를 참신하게 한다. 그동안의 졸업식은 공부 잘하는 학생 순으로 1시간 가까이 시상을 했다. 졸업식 때마다 몇 명을 위해, 전체 학생이 벌을 받는 이런 졸업식은 상을 받는 학생과 학부모에게만 의미가 있지, 다른 학생에게는 벌과 다름없다고 교사들도 말하곤 했었는데….

아주 오래전의 졸업식이 생각난다. 2학년 대표가 송사를 하고 3학년 대표는 답사를 하는데, 내가 2학년 학생의 송사를 지도하게 되었다. 졸업식에서는 어느 정도 눈물을 흘려줘야 한다는 교장 선생님의 부탁이 있어, 2학년 대표가 송사를 할 때, 졸업생들이 눈물을 흘릴 수 있도록 분위기를 내어서 낭송하라고 지도했다. 무척이나 영리한 그 학생은 학부모와 선생님들까지 눈물 콧물이 쏙 빠지게 송사를 해서 졸업식장을 울음바다로 만들어 버렸다. 얼마 전에 우연히 만난 그 학생은 졸업식 때 너무 감정을 잡은 것은 아닌지 어른이 되어 생각해 보니 쑥스럽다고 했다. 그래서 너무 열정적인 지도교사와 너무 성실한 학생의 합작품인데 교사인 내가 더 잘못했으니 손들고 서 있겠다고 하며 한바탕 웃었던 일이 추억처럼 두둥실 떠오른다.

이번에는 다를 것 같다. 작년부터 예년과는 달라진 졸업식을 선보이더니, 올해는 작년보다 더 스마트하고, 새로운 모습의 연출로 진행될 것 같다. 사물놀이와 디걸즈 학생들의 흥겨운 댄스로 시작을 알리고, 담임 교사들이 학생 한 명 한 명에게 아이들의 장점과 격려의 말을 써서 커다란 스크린에 띄우고, 장미꽃을 전하며 포옹으로 졸업식을 마무리하겠다는 계획이다. 졸업식장에 모인 학생, 학부모, 교사 등 모두를 만족시키는 멋진 연출이 아이들을 보내는 교사의 가슴을 따뜻하게 해줄 것 같아 흐뭇하고 감사하다.

며칠 전에는 학부모님을 진로 멘토로 초빙하여 질의응답 시간을 가졌는데 친구의 부모님이 오셨기 때문인지 담임들과 아이들의 반응도 아주 뜨거웠다. 어느 반에선가 칠판을 풍선과 색종이 등으로 화려하게 꾸미고, '00 어머니 환영합니다'라고 칠판에 크고 굵게 쓰니, 다른 반들은 모방한 것보다 더 멋지게 장식한다. 박수와 함성을 받고 입장하는 학부모 또한 행복한 미소로 답례한다. 아이들의 미래와 부모님의 추억이 한자리에 모인 이곳의 이름은 희망이다.

·· 2019년 2월 씀

찬란한 태양이 교정에 뜨다

이번에 교사모임에서 읽은 호세이니의 《천 개의 찬란한 태양》은 아프가니스탄의 비참한 여성들 이야기다. 호세이니의 《연을 쫓는 아이》를 통해 아프가니스탄의 탈레반이나 여성들이 겪는 어려움에 대해 많은 이야기를 해주었기 때문에 아이들은 우리나라에서 태어난 것만으로도 축복이라고 이야기한다. 이 나라의 여성들도 재능을 살린다면 아프가니스탄에도 천 개의 찬란한 태양이 떠오를 텐데….

오늘 학생회 주관으로 교내 축제가 열린다. 우리 학교 교정에 천 개의 찬란한 태양이 떠올랐다. 예전에 비해 교내 축제가 간소화되었다. 여러 여건상 축제가 간소화될 수밖에 없고, 교사들의 고생도 줄었지만, 아이들을 위해, 열심히 뛰던 내 젊은 날이 그립기만 하다. 30여 년 전에는 격포의 도청초등학교를 빌려 3학년 전체 학생과 교사들은 2박 3일 동안 교실 바닥에서 잠을 자며 아이들과 캠프를 즐겼다.

낮에는 바닷가에서 바지락과 박하지라는 작은 꽃게를 잡아서 삶아 먹고, 밤이면 캠프의 꽃인 캠프파이어를 하며 눈물 콧물 흘리던 일들을 우리 졸업생들은 기억하고 있는지 모르겠다. 그들도 추억 속의 그날이 떠오른다면 얼마나 황홀해할까. 나이 든 선생님들은 운동장 한가운데에 장작더미를 쌓고 젊은 남선생님은 산 위 정상으로 올라간다. 와이어를 타고 솜에 불을 먹은 불덩이가 내려와 장작더미에 점화되는 순간에 젊은 나는 아이들보다 더 황홀해했던 것 같다.

그리고 시간이 흘러 20여 년 전만 해도 교내 축제는 학교와 동네 주민의 잔치 한마당이었다. 낮에는 아이들과 함께 각 나라의 전통 의상을 준비하여 전통의식을 행했고, 윷놀이, 강강술래 등 전통놀이를 즐겼다. 역시 모두가 기다리는 축제의 하이라이트는 야간에 실시했던 캠프파이어였다. 전교생이 촛불을 들고, 부모님께 감사의 마음을 전할 때는 여기저기서 훌쩍거림은 시작되고, 부모님께 편지를 낭송할 때에는 울음바다가 되었다. 학교의 잔치만이 아니라 온 동네의 잔치가 되어, 삼천동 주민들도 모여 한 해를 감사하고 다짐했던 시간들이 그립기만 하다.

·· 2019년 9월 씀

유발 하라리도 까무러칠 아이디어

이번 달에 교사모임에서 읽은 책은 유발 하라리의《사피엔스》다. 사피엔스가 사촌 격인 네안데르탈인 등을 이겨내고 세상을 지배한 것은 뒷담화 때문이었다고 이야기는 재미있게 시작된다. 책을 읽는 동안에 실시한〈친구사랑주간〉행사에서 학생들은 사피엔스의 무궁무진한 능력을 보였다.

2차고사가 끝나고 학생들이 시간을 무의미하게 보내는 것 같아 9월에 실시할 친구사랑주간을 7월에 실시했다. 학생들의 교육을 위해서 교육청에서 지원해 주기 때문에 각 반별 상금을 걸고 시상한다. 친구사랑주간을 실시하는 목적은 당연히 친구들을 이해하고 존중해 주고 사랑하라는 것이지만, 제출된 작품을 보면 감탄한다. 정말 잘한다. 학생들의 아이디어의 끝은 어디일까?

우수상의 기준은 전체 학생이 참여해야 하며, 참신한 아이디어로 친구에 대한 사랑을 많이 기록하고 정성이 가득해야 한다. 2주 정도의 시간을 주고, 채점은 전교생이 한다. 1학년은 2, 3학년의 작품

중에 잘한 반에 스티커를 붙여 가장 많은 스티커를 받은 반에 따라 학년별 1등 반은 7만 원, 2등 반은 5만 원, 나머지 반은 모두 4만 원의 문화상품권을 지급한다.

그런데 여기에도 사랑스러운 즐거움이 있다. 분명히 좀 부족한 반인데, 인기 있는 남선생님 반에는 스티커가 많이 달려있다. 학생들도 그걸 알면서 귀여운 애교로 받아들인다. 음악 선생님 반은 악보 위에서 학생들이 리듬을 타는 모습으로, 어떤 반은 객관식 시험문제로, 어떤 반은 신문기사로, 자판기로, 퍼즐로, 인형뽑기로, 양계장으로, 친구에 대한 사랑을 전한다.

또 어떤 반은 개성 있는 세포로 태어났음을 표현했다. 공주세포, 박사세포, 예능세포, 화가세포, 공감세포 등으로 세포에 맞는 내용과 그림을 맞춤형으로 표현했는데 우리만 보기 아깝다고 교사들은 입을 모은다. 방송을 패러디해서 만든 '슬기로운 3-1 생활'도 재미를 더한다. 너무 이쁜 죄, 공부를 좋아하는 죄, 운동을 좋아하는 죄 등등 이름을 정하여 참여한 아이들의 정성이 고맙고 예쁠 뿐이다. 여학교는 이런 소소한 사랑스러움이 있어 참 좋다.

각 반의 친구사랑 게시물은 축제 때 강당에 전시되고 학교 홈페이지에도 실린다. 전국 어디, 세계 어디에 내놓아도 이보다 좋은 작품을 만들기는 어렵다고 선생님들은 입을 모은다. 작품도 중요하지만, 이 프로그램에 참여하며 친구사랑주간 동안만이라도 친구의 소중함을 느낀다고 말한다. 세상에서 내가 가장 소중한 만큼 내 친구도 소중하다는 걸 우리 학생들은 이미 다 알고 있다는 뜻이다. 멋진 우리 학생들은 사피엔스 중에서도 가장 머리 좋은 사피엔스인 것 같다.

·· 2021년 7월 씀

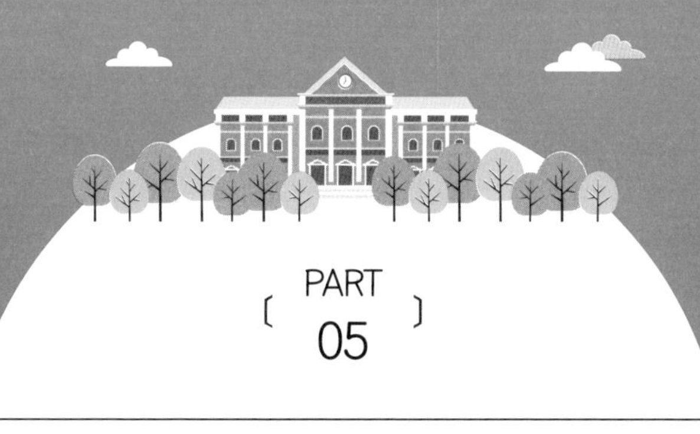

PART 05

독서토론은 혜성처럼 나타난 축복

매 순간이 꽃봉오리

일 년 중 가장 팍팍하고 긴장감 있는 3월이 지나가고 있다. 새로운 친구를 사귀기를 유난히 힘들어하는 아이들이 있다. 학기 초에 매번 반복되는 일이다. 친구 관계를 어려워하는 아이들이 친구들에게 다가가게 하는 가장 좋은 방법은 무엇일까.

이번에 교사모임에서 선정한 《그리스인 조르바》에서 학생들에게 조언해 줄 만한 내용은 무엇일까? 사실 조르바의 삶은 도덕적이라고 보기는 힘들어 이 책을 아이들에게 소개할 자신은 없지만 그의 발랄함, 걱정 없이 사는 삶, 매 순간을 꽃봉오리로 사는 삶은 학생들에게도 교훈적인 내용이 될 수도 있겠다. 걱정하지 말고 즐겁게 살라고 자신에게 세뇌하며 '세상에서 가장 소중한 사람은 나'라고 거울을 보며 매일매일 외쳐 보라고 말해 주어야겠다.

정신없이 새 학기를 시작하고, 그 바쁜 와중에 선생님들은 《그리스인 조르바》를 재미있게 읽고 있다. 책의 내용에 대해 갈증이 있었는데, 이번에 이 책이 선정되니 감사하다. 생각했던 것보다 참 어려운 소설이라고 선생님들이 이구동성으로 말한다. 토론의 질서를 위해 미리 토론 주제를 주고 차례대로 이야기하니 그 문제에 자신이 있는 교사는 자신의 생각을 말하고, 자신이 없는 문제에서는 자연스럽게 빠진다.

먼저 이 책의 저자 카잔차키스에 대해 말할 때에는 그리스 출신인 호메로스까지 등장시켜 이야기하며 이 책에서 그리스 정교에 대해 속살까지 보였기 때문에 노벨상을 받지 못했다고 안타까워하기도 했다. 책벌레인 저자가 자신과 정반대에 있던 조르바를 좋아하게 된 이유에 대해서는 남교사와 여교사의 입장 차이가 조금은 있었지만, 저자의 일생에 조르바는 가장 큰 영향을 미친 친구이자 스승이자 동업자였던 것은 사실일 거라는 점에는 이견이 없었다. 그리고 그리스 정교에 대한 수도사들의 이야기는 특히 어렵다고 하면서 이 책은 학생들에게 소개하기는 어려울 것 같다고 한다.

그리고 여교사들은 거칠 것 없이 행동하는 조르바를 손가락질하면서도 부러워하는 남자들의 이중성이 보인다고 했고, 조르바가 여자를 너무나 가볍게 생각하는 것 같아 책을 던져 버리고 싶었다면서 왜 이 책이 베스트셀러이고 세계적인 책이냐고 불만을 표시하기도 한다. 할 말이 없는 남교사들은 허탈하게 웃으며 토론을 마무리하자고 일어선다. 설렘의 토론 시간이 지나자 밤하늘에는 구름도 집으로 갔는지 별들만이 남아서 은하수를 건너고 있다.

·· 2011년 3월 씀

예수님은 우리 주변에 있대요

오늘 신문편집부 학생들은 10월부터 읽기 시작한 《로버트 펠코너》 마무리 토론을 했다. 1주일마다 정해진 분량을 읽고 짧은 토론을 하고, 마지막 날에는 총합해서 마무리 토론을 한다. 토론의 전제는 내용을 정확하게 읽는 것이기 때문에 책 읽기가 끝나면 제일 먼저 독서퀴즈를 진행한다. 퀴즈가 끝나면 조를 나누고 토론의 주제를 정하고 토론에 임한다.

나는 조금 힘이 약한 조에 조원으로 들어가 같이 토론에 동참한다. 교사가 동참하지 않으면 아이들은 독서토론의 방향을 잃고 엉뚱하게 화제가 바뀌고 토론의 재미도 잃고 시들해진다. 이번에 신문편집부 학생들은 교사들과 같은 책을 선정했기 때문에 훨씬 의욕적이다. 교사와 한번 싸워서 이겨보자고 달려드는 모습이 고맙고 사랑스럽다.

독서모임에서 이번에 선정한 이 책은 '어느 음악가의 여정'이라는 부제가 있는 《로버트 펠코너》라는 책이다. 번역자인 김성희 교수를 모시고 번역의 어려움과 번역할 때 주의점 등의 이야기를 들은 후 우리의 토론이 이어졌다.

우리가 집중적으로 파고들었던 것은 19세기에 유럽을 관통한 칼뱅주의, 즉 Calvinism에 대한 의견이었다. 독실한 기독교 신자도 Calvinism의 지독한 청교도 정신을 비판했지만, 신자가 아닌 교사들은 Calvinism이 르네상스 시대에 겨우 찾아놓은 인간중심 시대를 신 중심의 시대로 바꾸어 버렸다고 신랄하게 비평했다.

쉽지 않은 책이라 우리는 번역자인 교수님의 생각을 파고들었고, 밤이 늦을 때까지 우리의 질문은 이어졌다. 끝까지 읽지 못했다는 선생님들도 있었지만, 책의 중심인물은 성경의 인물을 비유해 썼으며, '예수님은 우리 주위에 있어야 하고, 우리 주변에 있다'는 저자의 의도는 인지했다고 모두들 뿌듯해한다. 우리의 토론을 지켜본 교수님은 번역한 자신보다도 선생님들이 더 깊이 있게 알고 있다며 교사들의 독서모임에 감사와 부러움을 전했다.

··2011년 11월 씀

황홀한 여행으로 출발!

이탈리아! 달력에 많았던 로마의 옛터들! 너무 가고 싶어서 초등학교 어린 나이에 달력 속에 발을 마구 밀어 넣어 보기도 했던 로마! 그 이탈리아 속을 보건샘의 추천으로 달려가 본다. 언제 내가 이렇게 열심히 공부했던가. 정말 열심히 공부했다. 토론하기 1주일 전에 토론 주제를 메신저로 쏘아 보냈더니 학생 때에도 이렇게 열심히 하지 못한 공부를 이 나이에 해야 하느냐고 투정부리던 선생님들이 숙제를 열심히 해 와서 참 고맙기 그지없다. 과학샘은 과제를 제공한 나보다 더 구체적으로 정확히 알고 있어 교사들 모두 놀라움을 감출 수 없다. 그럼 이탈리아로 Let' go!

〔토론 주제〕

이탈리아 여행은 잘 다녀오셨나요? 아래 내용에 해당하는 지역을 찾아 표시하고, 각 특색을 말해 봅시다.

1	갯벌 속의 도시, 사치와 고독의 도시, 곤돌라, 바그너가 동경한 곳, 카사노바, 라 페니체 극장, 산타루치아 역, 페기 구겐하임 미술관, 산 미켈레 섬.
2	푸치니(1813~1901), 토레 델 라고 푸치니(호수의 탑), 나비부인, 토스카, 투란도트, 라보엠, 푸치니 서거 후 플라시도 도밍고의 환생.
3	사탑, 두오모, 세례당, 갈릴레이의 대학 시절, 다빈치의 출신지, 피사대학.
4	산타루치아 항구, 나폴레타나, 오 솔레미오, 주세페 디 스테파노(1920~2008) 제2고향-마리아 칼라스와 콤비, 우범지역, 도둑, 가난.
5	알프스 빙하가 녹아서 만들어진 가르다 호수, 칼라스(1923~1977) 별장.
6	아주리(아름다운 절벽), 돌아오라 소렌토로, 20C 최고의 오페라 가수 엔리코 카루소(1873~1921) 출생지, 방랑 시인 타소(1544~1595) 출생지.

7	7개의 언덕, 성 베드로 성당, 콜로세움, 개선문, 카라칼라 목욕탕, 광장들, 분수의 도시, 트레비 분수-해마를 잡은 넵튠, 바르카치아 분수-배 모양.
8	유적, 아르노 강, 5월 음악제, 꽃의 도시, 마키아벨리, 로시니 2고향, 칼라스, 광장들(두오모, 시뇨리아, 레푸블리카, 미켈란젤로, 산타 크로체).
9	사탑(교황파와 황제파의 과시, 세월의 무게만큼 조금씩 기울다), 마조레 광장, 공산주의, 사회주의자가 많은 곳, 지성의 산실 볼로냐대학.
10	상공업, 패션, 디자인, 경제의 중심, 이태리에서 가장 아름다운 두오모(가장 거대한 고딕양식, 14C 건축, 첨탑에 135명의 성인), 라스칼라 극장.

··2012년 5월 씀

원숭이도 이해한다는데 나는?

책을 들고 다니니 아이들이 '원숭이도 이해하는 책인데 그렇게 쉬운 책을 선생님이 왜 보냐'며 재미있어한다. 정말 원숭이도 이해하는데 내가 이해 못 하면 큰일이다. 부담스럽다. 근데 책을 펴니, 웬 수학공식이 이리도 많아. 난 문과생인데 이걸 어찌해야 하나? 마르크스의 《자본론》을 쉽게 설명한 책이라고 어떤 선생님이 추천했는데 읽기가 겁이 난다.

교육청에서 유명인사를 초빙하여 강연하는 프로그램이 있다고 공지가 떠서 공문을 살펴보았더니 강사는 이미 우리의 지인이 된 임승수 님이었다. 바로 엊그제 《원숭이도 이해하는 자본론》을 읽고 토론했는데 임승수 님이 초빙되었다니 꼭 가서 저자의 사인도 받고 악수도 하고 싶었다. 우리 교사모임에서 6명의 교사는 소풍 가는 아이처럼 흥분되어 두 차로 나누어 타고 가면서 엊그제 나눈 책에 대한 토론을 다시 한 번 되풀이하며 교육청에 도착했다.

책 소개에서 익히 보아서 젊은 작가라는 것은 알고 있었지만, 관객인 선생님들보다 훨씬 젊었고, 수줍음 많은 시골 총각 같았는데, 강의할 때는 열정이 넘쳤다. 자본론에 대한 이야기에 앞서 저자는 아내와 공동 창작한 《세상을 바꾼 예술 작품들》에 대한 이야기를 먼저 했다. 아내는 사학을 전공했지만 미술에 조예가 깊어 마음에 드는 그림들을 스크랩하던 버릇이 있었는데 그 취미가 모여 좋은 책을 엮어낼 수 있었다고 한다. 이 책도 이미 1년 전에 우리는 읽고 토론했기 때문에 우리도 모르는 사이에 우리는 내용을 다 아는 것처럼 목소리를 높이고 있었다.

책에 사인을 받고 저자의 얼굴을 바로 앞에서 보는 영광을 누리면서 저자의 강의에 열렬하게 반응을 보이니, 학교에서 독서토론한 결과가 빛을 발하는 순간이기도 했다. 다른 학교 선생님들도 우리의 독서에 관심을 기울여 나름 우리 학교 교사로서 뿌듯함도 배가 되는 시간이었다.

·· 2012년 7월 씀

〈모터싸이클 다이어리〉를 보셨나요?

체 게바라의 딸 알레이다 게바라가 서울에 초청되었다는 뉴스가 떴다. 이 좋은 기회에 우리 교사동아리에서는 《체 게바라 평전》을 선정하기로 했다. 서울대에서 강연하기 때문에 참여하지 못하는 아쉬움은 크지만, 뉴스를 통해 그녀와 체 게바라에 대한 소식을 듣는 것만으로 대만족이라고 교사들은 이구동성으로 말한다.

이미 교무실 안은 게바라 팬들로 활기차다. 책을 읽은 교사들이 적을 때에는 교무실은 적막한데, 오늘은 책은 다 읽지 않았어도 체 게바라의 딸이 왔다는 소식만으로도 교사들은 흥분되어 떠들었다.

오랜만에 맛있는 음식도 먹으며 토론하자는 제안에 회비를 2만 원씩 걷은 다음에 한적한 음식점으로 향했다. 토론은 체 게바라의 딸에 대한 이야기부터 시작되었다. 그녀는 현재 쿠바에서 소아과 의사를 하고 있다느니, 쿠바는 전 국민 무상의료서비스를 하는 나라라느니, 의사는 국민을 위한 봉사자이므로 자신이 할 수 있는 일은 의사가 되어 사랑을 보답하는 것이라고 생각해 그녀가 의사가 되었다느니, 그녀가 다섯 살 때 집에 온 아버지를 아버지의 친구로 알고 만났지만, 이미 아버지임을 눈치챘다느니, 모두들 한마디씩 소감을 전한다.

그리고 선생님들은 책보다 영화 〈모터싸이클 다이어리〉가 강하게 자리 잡고 있는 듯했다. 토론 내내 책보다 이 영화의 장면들을 등장시켜 우리 모두를 영화 속으로 끌고 가기도 했다. 그리고 누군가는 '체'는 그의 이름인 줄 알았는데, 본명은 에르네스토이고, '체'는 그냥 감탄사이며 '이봐'의 뜻이 있고, 게바라가 버릇처럼 말하는 단어라서 이름으로 굳어졌다고 덧붙인다.

오늘 토론은 체 게바라에 대해 공부를 많이 해온 음악 선생님이 마무리한다. 게바라의 딸은 진정한 혁명가로 본인의 신념을 삶을 통해 보여주었고, 체 게바라가 피델 카스트로를 떠날 수밖에 없었던 당시 정치적 상황을 구체적으로 설명한다.

오늘은 평상시보다 훨씬 긴 시간을 할애하여 밤 10시가 넘어 우리의 열띤 토론을 끝마쳤다. 독서토론을 하고 나면 꽉 차오르는 뿌듯함이 있다. 달도 참 밝다.

·· 2013년 2월 씀

리스본행 야간열차를 타보실까요?

격세지감을 느낀다. 아파트로 싸여있는 바로 옆 중학교는 학급 수가 늘고 있는데, 주택가에 있는 우리 학교는 학급 수가 줄어든다. 몇 해 전만 해도 전주에서 공부 잘하는 학교로 소문이 자자했고, 우리 학교 교사라는 것만으로도 든든한 자긍심이 있었는데… 학생 수가 감소하면서 다른 학교로 순회를 가는 선생님들도 늘어나고 있다. 교과별로 협의를 거쳐 순회 교사를 정하게 되는데 초반에는 의견 다툼이 있었지만 지금은 별 탈 없이 순번에 의해 나가고 있는 실정이다. 순회 수업을 하다 우리 학교 수업 날이 되면 가슴이 두근거린다고 한다. 다른 학교 아이들에 비해, 우리 애들은 천사들이란다. 오랜만에 오는 선생님을 보고 반가워하는 아이들, 수업시간에 집중도 잘하고 대답도 잘해주는 우리 아이들이 정말 예쁘다고 입을 모은다.

영화평론을 하는 선생님의 강력한 추천이 있어 지난달에 음악실에 모여 영화 〈리스본행 야간열차〉를 보았다. 어려웠다. 아무래도 영화는 책의 내용을 축약했기 때문에 책을 봐야 제대로 이해될 것 같다는 의견이 지배적이어서 이번 토론으로《리스본행 야간열차》를 선정하게 되었다.

이 소설은 액자식 구성인데, 큰 액자의 주인공 그레고리우스가 한 소녀가 말한 '포르투게스'라는 단어에 이끌려 무작정 그녀를 쫓아 포르투갈로 가는 설정은 너무 비현실적이라는 의견이 있었다. 그럼에도 불구하고 가지 않은 길에 대한 갈망으로 길을 떠나는 그레고리우스의 행동은 우리의 갈증을 해소시키기에 충분했다는 의견도 있었다. 당연히 저자가 말하는 의도는 후자에 속하겠지만, 우리는 대단히 현실적인 사람들이기 때문에 전자에 대해 말하지 않을 수 없다.

다음, 작은 액자 속의 주인공 아마데우에 대한 의견은 부자집 도련님의 철없는 행동이라는 의견과 아마데우 또한 가지 않은 길에 대한 갈망으로 레지스탕스 운동을 하고 어려운 삶 속에서 죽어간다는 것이 마음 아프다는 의견이 있었다. 1970년대 스페인의 민주화 운동이 시대적 배경인데 영화만큼 소설이 어려웠다고 선생님들이 잔뜩 화가 나 있다. 오늘은 참여 교사가 다섯 명뿐이라 상담실에서 약소하게 진행한다. 핵심 멤버인 이 교사들은 확실히 제대로 읽었다. 내가 전혀 생각지 못한 화두를 끌어내어 주니 고맙기 그지없다.

·· 2014년 9월 씀

우리 마음속에 있는 풍금

수업시간마다 교사들에게 미움을 받는 아이가 있다. 그냥 참을 인(忍) 자 세 개를 마음에 새기고 그냥 이뻐해 주라고 부탁하기도 미안하다. 너무 소극적이거나 너무 거친 학생들은 조건 없이 예뻐해 주고 책임을 주어 교사와의 관계를 밀접하게 유지하라고 나름의 조언을 한다. 그러면 교사들은 1년 동안 지속적으로 참으려니 몸에서 사리가 나올 지경이라고 괴로워하기도 한다. 나름대로 상담 교사라고 아이들을 데려다 아이의 마음에 공감도 해주고 회유도 하는데 선생님들이 불만을 계속 표현할 때는 무능력한 나 자신이 야속하고 밉다.

그렇게 미운 짓을 하는 아이도 사실은 선생님들에게 인정받고 싶어한다. 상담 교사가 100번 예쁘다고 하는 것보다 "담임 선생님이 너는 웃는 모습이 예쁘다던데."라고 한마디만 하면 아이는 눈을 동그랗게 뜨고 "정말 우리 선생님이 그랬어요?"라고 확인한다. 아직은 중학생인지라 선생님한테 인정받는 아이에게는 친구들이 함부로 하지는 않는 것 같다. 잘 도와주는 선생님들이 너무나 고마울 뿐이다.

이번에는 책의 제목도 센티해서 효자동에 있는 고풍스러운 커피숍에서 독서모임을 갖기로 했다. '사랑'이 빠지면 인간의 삶은 의미가 없다고 우리의 유쾌한 기술가정 선생님이 한마디 하니 오늘은 시작부터 엔도르핀이 솟는다. 동료 교사의 감상문 낭독이 먼저 있은 후에, 내가 미리 나누어 준 유인물을 보며 토론을 이어나갔다.

많은 교사들은 소설의 앞에 박시룡의 '동물의 행동'이라는 엉뚱한 내용을 인용했는데 그 이유를 모르겠다고 했다. 그리고 가장 의문인 것은 제목에 있는 풍금이 내용 그 어디에도 없다는 것이다.

그리고 정말 쉬운 책 같았는데 어려웠던 책이었다며 한마디씩 소감을 말한다. 열심히 읽은 선생님들의 열정으로 5시에 모였는데 9시가 다 되어 해산한다. 오늘은 별이 참 곱다.

·· 2015년 9월 씀

남남북녀의 사랑 이야기

사회 선생님의 소개로 전주 출신의 작가 이병천 님을 초청하였다. 교사들은 저자를 직접 만난다는 기대로 1층에 있는 전산실을 손님맞이로 예쁘게 꾸미고 '작가와의 대화'라는 환영 현수막까지 설치하느라 동분서주했다. 손님을 기다리며 삼삼오오 소감을 나누는 교사들의 대화에는 자신감이 있다.

《90000리》, 《에덴 동산을 떠나며》를 쓴 중견작가인 저자가 우리 지역인 한옥마을에서 살고 있다는 사회 선생님의 소개가 있은 후, 교사들의 독후 활동이 시작되었다. 독서모임에서 항상 적극적이고 글에서 아름다움을 찾아내는 보건 선생님의 감상문 발표가 있었고, 나는 이 책에 대한 서평을 이야기했다.

다음으로 교사들의 질문이 쏟아졌다. 제목이 《북쪽 여자》가 아니라 왜 《북쪽 녀자》인지. 북한에서는 여자를 녀자라고 하기 때문에 녀자라고 했는지. 어떻게 견우와 직녀라는 모티브를 생각해 내셨는지. 북한에는 가본 적이 있으신지. 압록강 근처에라도 가셨는지. 글을 쓰기 위해 얼마나 많은 발품을 파셨는지. 소설을 통해 통일에 대한 염원을 말했는지. 어떻게 금강산 관광이 이루어지던 때, 전주 출신의 남자와 청진 출신의 여자를 만나게 설정했는지.

저자는 과묵한 편이신지 소리 없이 웃고만 있다가 단답식으로 간단한 답변만 해주었다. 저자의 답변은 견우와 직녀에서 모티브를 얻었다는 것 외에는 우리의 상상과는 반대였다. 직접 가보지도 않았고, 통일에 대한 염원도 아닌 그냥 연애소설 자체를 썼다는 것이다. 학교에서 소설과 시를 시험문제에 출제하지만, 정작 작가의 의도와는 다르다는 걸 몸소 체험하는 시간이었다.

그리고 놀라운 것은 저자의 상상력이었다. 나는 작년 여름 방학 때에 두만강을 가는 3층 기차를 타고 두만강변에서 북한 사람들을 코앞에서 바라보았는데 상상으로 그 광경을 그대로 묘사했다는 것은 이해되지 않을 정도로 내가 가서 본 정경과 같았기 때문이다.

오늘도 뿌듯한 시간을 보낼 수 있었음에 저자와 주변 선생님들께 감사함을 느낀다. 저자의 좋은 작품을 통해 책 속에서라도 남북을 오가며 그들의 삶 속을 들여다보고 안타까운 마음을 나누어 볼 수 있는 좋은 시간이었다. 저자를 모시고 그의 책 속에서 북한과 남한을 오가며 나누었던 시간들은 달달한 행복이었다.

··2016년 4월 씀

나무가 되고 싶은 사람

"그 책이 미국에서 큰 상을 받았대요.", "그 책 너무 야하대요", "샘들은 야한 책을 좋아하나 봐." 교사들의 토론 책에 아이들이 관심을 보인다. 이렇게 교사에게 스스럼없이 말을 거는 아이들은 학교에서 생활이 거침없고 즐겁다.

그러나 성품이 너무 여려서 친구들에게 매일매일 상처받는 아이들도 있다. 여린 아이들은 방학하면 잘난 체하는 아이들을 보지 않아서 좋단다. 그 애들은 몰려다니며 시내로 옷과 화장품을 사러 나가는데 그게 너무 부럽고, 시내에서는 온갖 멋을 부리고 다니는데 자신은 그렇게 멋을 내고 싶어도 해본 적이 없어 쑥스러워서도 못한다고 씁쓸해한다. 선생님들이 이번 달에 읽는 《채식주의자》의 주인공도 성품이 너무 여린 아가씨인 것 같다.

한국인 최초로 맨부커상을 수상했다고 매스컴이 요란하다. 한강의 《채식주의자》인데, 우리 독서모임에서도 시대의 조류에 편승하기 위해 이 책을 읽어야 한단다. 그래서 교무실은 인터넷을 통해 저자에 대해 알아보고, 1부 채식주의자·2부 몽고반점·3부 나무 불꽃으로 나누어져 있다는 책의 기본 정보를 얻은 후에 우리는 이 책을 주문했다.

본격적인 토론에 임하기도 전에 의견들이 불꽃처럼 튀고 있다. 부정적인 의견으로는 처제의 몽고반점에서 예술혼을 불태우는 주인공의 형부는 예술을 빙자한 탐욕을 보인 것이라는 등, 야하고 반인륜적인 소설이라는 등 이미 이 작품에 낙인을 찍어 버린다.

그러나 긍정적인 시각으로는 아버지가 자신을 위해서 개를 죽이게 되는데도 주인공이 고기를 멀리한 것은 주인공의 마음에 크게 상처가 났기 때문이라며 심리학적으로 접근해야 한다는 등, 사회 통념으로 볼 때 형부와 처제의 관계로 발전시킨 이 작품이 큰 상을 받은 것은 이해할 수 없는 상황이지만 우리가 이해하지 못하는 무엇인가를 담고 있을 것이라는 등 말로 표현할 수 없는 묘한 작품이라고 말하기도 한다.

나도 다른 시각에서 이 책에 대해 이야기해 보지만, 선생님들의 의견이 너무 강경하여 다음 기회에 다시 한 번 읽고 토론하는 시간을 가져보자며 마무리한다.

·· 2016년 12월 씀

영화 〈글래디에이터〉를 떠올리다

마르쿠스 아우렐리우스의 《명상록》을 읽고 나자 고등학교 국어 시간에 《페이터의 산문》이라는 글에서 배웠다고 나이 든 선생님들은 반가운 친구를 만난 것처럼 들떠 있다. 젊은 선생님은 자신들의 학창시절에는 없었다고 서운한 표정이다.

《명상록》이라는 제목에서 보듯이 사람의 마음을 깨우치는 글이라 토론 거리가 별로 없어서인지 아니면 영화 〈글래디에이터〉를 너무 인상 깊게 보아서인지 선생님들은 영화 〈글래디에이터〉의 내용에서 벗어나지 못하고 있다. 권좌를 빼앗기게 된 아들인 콤모두스의 악행을 이해하겠다는 등. 황제로부터 인정받은 막시무스는 노예로 추락하여 검투사가 되었으니 콤모두스에게 앙갚음을 하고 싶은 것은 당연하다는 등.

그래서 나는 영화와 실제는 너무 달랐다고 말하니 로마에 대해 꿰뚫고 있는 과학 선생님이 역사를 이야기한다. 콤모두스가 아우렐리우스의 아들인 것은 맞고, 막시무스는 노예가 된 적이 없으며 마르쿠스 아우렐리우스가 부하인 막시무스를 총애한 것은 사실이라고. 그래서 나도 이 책에서 보면 아우렐리우스는 신하인 막시무스의 진중한 성격을 존경했었던 것 같다고 덧붙였다. 그러자 황제 마르쿠스 아우렐리우스의 아들 콤모두스가 막시무스를 죽이려고 했다는 것은 어느 정도 사실일지도 모른다는 의견과 막시무스가 콤모두스보다 나이가 많아 그런 관계는 아니었을 거라는 의견이 잠시 쟁점을 이룬다.

그래도 선생님들은 영화와 연결하여 1,800여 년 전의 로마 황제를 다시 보게 되게 되는 영광을 누렸다고 기뻐한다.

나는 이번 여름 방학에 로마 카피톨리노 광장에서 아우렐리우스의 기마상을 보았다고 폼을 잡으니, 과학샘은 자신은 배낭여행을 하며 콜로나 광장에서 아우렐리우스의 전승기념탑 앞에서 사진까지 찍었다고 말하며, 원래는 기념탑의 꼭대기에 아우렐리우스의 동상이 있었지만, 가톨릭이 국교가 되면서 바울의 동상으로 바뀌었다고 서운함을 표현한다. 오늘 토론도 성공이다.

·· 2017년 10월 씀

내 어머니…… 우리 어머니……

또 아이들이 놀려댄다. 선생님들도 만화를 본다고. 선생님들 수준이 이거밖에 안 되냐고…. 선생님들이 여기저기서 무시를 당했다고 행복한 푸념을 한다. 이번 독서모임은 만화책 《내 어머니 이야기》다.

김영하 작가는 '알쓸신잡'이라는 TV 프로그램에서 절판되어서는 안 될 책이라고 《내 어머니 이야기》를 소개했다. 우리는 발 빠르게 전 교사가 읽을 책을 신청했다. 6월 16일, 7교시 우리 학교 독서토론 역사상 가장 많은 선생님들이 도서실에 모였다. 어머니 이야기이기에, 거기다 만화로 되어 있으니 울림을 주기에는 충분했나 보다. 함경도 사투리가 너무 어렵다느니, 떡을 자주 해 먹은 걸로 보아 부자였다느니, 만화를 너무 못 그린다느니, 하고 싶은 말들이 많아 6시가 넘어서야 끝마무리를 할 수 있었다.

며느리가 죽어가는 시아버지에게 젖을 물리는 장면을 보고 충격적이었다고 선생님들이 말하자, 미술을 전공한 교장 선생님은 루벤스의 《키몬과 페로》를 예로 들며, 누군가에게는 아름다움이 또 누군가에게는 에로물이 된다고 하며, 푸에르토리코인들은 이 그림을 최고의 예술품으로 자랑한다고 설명한다. 독재정권에 저항한 아버지가 감옥에서 죽어가자 면회 온 딸이 그 아버지에게 자신의 젖을 물리는 그림이란다. 교장 선생님의 미술에 대한 설명이 토론의 격을 한층 높여준다.

내 생애 최고의 소설 《플랜더스의 개》에서 주인공 네로가 죽기 전에 그렇게도 보고 싶었던 그림이 바로 성당에 걸려있던 루벤스의 〈십자가에서 내려오는 예수님〉이었다고 나도 한마디 덧붙인다.

《내 어머니 이야기》를 1권만 공동으로 사서 읽고 토론하기로 했는데, 항상 독서의 배경지식까지 파악하는 음악 선생님은 4권까지 모두 읽고 이 책은 우리 역사 사료라고 정의한다. 멋지다.

독감까지 걸려 콜록이면서도 토론에 적극 참여하는 젊은 선생님의 정열도 고맙고, 독서토론에 자부심을 느끼는 선생님들이 있어 오늘도 행복하다.

··2019년 6월 씀

내 나라가 없다면……

《나라 없는 나라》의 이광재 작가를 초빙한 날이다. 또래상담부 학생들은 나를 돕겠다고 강사 초빙 현수막을 붙이고, 간식을 준비하느라고 발 빠르게 움직이고, 신문편집부 학생들은 교사동아리의 토론 과정을 취재하겠다고 모여들어 교사보다 아이들이 더 많은 기현상이 일어난다. 전 교직원이 모여 함께 초청 작가와 대화하면 좋은데, 출장을 간 선생님들도 있어서 아쉽다.

나는 이광재 작가의 약력을 소개하고, 교장 선생님은 강의를 허락해 주신 작가님께 감사의 인사를 했다. 선생님들의 짜임새 있고, 적극적인 질문에 작가님은 책보다 더 매끄럽게 답을 잘해 주었다. 전봉준에 대한 평전을 썼을 정도로 전봉준과 그 시대의 일을 훤히 알고 있었으며, 세계사와 연계하여 질문할 때에도 전혀 막힘없이 지적 능력을 펼쳐 주었다.

책에 고어(古語)와 한자어가 많아 읽기 어려웠다는 이야기에 작가는 자신이 라면도 못 먹던 시절에 거금 42,000원짜리 대원군에 대한 책을 읽고 난 후, 그 책을 통해 알게 된 갑오개혁 당시의 언어들을 이 소설에서 많이 구사했으며, 최남선의 글에서 당시의 언어를 많이 활용했다고 했다.

어떤 선생님이 동학운동이 프랑스대혁명에 비해 실패한 이유를 질문하자, 프랑스대혁명의 주변 상황을 설명하고, 프랑스대혁명처럼 나라를 뒤바꾸는 성공은 할 수 없었지만, 우리 동학혁명은 동학인이 가지고 있던 위정자들의 착취 근절에는 성공했다고 작가는 역설했다.

여기에 우리 교사들은 프랑스대혁명이 성공한 것은 그들은 부르주아지들의 경제력이 있었지만, 우리 농민에게는 경제력이 없었다는 이유도 있다고 하니, 작가님은 경제력은 문제가 되지 않는다고 말한다. 또 다른 교사가 프랑스는 외세의 개입이 없었고, 우리에게는 외세의 개입이 있었기 때문이라고 하자, 작가님은 그 시대는 외세의 개입은 피할 수 없는 시대상이었다고 한다. 일본이 짓밟지 않았으면 러시아, 중국, 프랑스 어디에서든 우리를 식민지로 만들 배경이었다고.

오늘날 우리의 현실과 개화기의 우리나라를 비교해 보자는 교장선생님의 말에 작가님은 지금이 그때보다 훨씬 위험한 시기란다. 시퍼렇게 달려드는 미국, 너무 커져 버린 중국, 얍삽한 일본, 아! 《나라 없는 나라》의 시대는 다시는 있어서는 안 되는데. 짧은 시간에 책에 대한 내용뿐만 아니라 현재의 세계정세까지 대화를 나눈 값지고 알찬 시간이었다.

·· 2019년 12월 씀

코로나19로 《총, 균, 쇠》의 위력을 보다

천 년 만에나 나타날 수 있다는 세계적인 전염병이 온 세상을 흔들고 있다. 무섭다. 중세시대의 페스트는 유럽 지역에서만 유행했지만, 중국 우한 지역에서 박쥐에 의해 발생했다는 우한폐렴은 전 세계를 공포의 도가니로 몰아넣고 있다. 전염병으로 인해 공포에 떨게 되리라는 생각은 해본 적이 없는데, 실시간으로 핸드폰을 통해 알려지는 코로나 확진자 알림 문자로 언제 내가 이 주인공이 될지 모른다는 무서움에 몸서리친다.

의도치 않게 확진자가 되는 것도 괴롭지만 신상이 다 털리고 한 순간에 죄인으로 낙인찍히는 게 더 무섭다고 확진자들은 말한다. 일면식도 없는 확진자와 같은 식당 안에 있었단 이유로 확진되는 무서운 전염병. 꼼짝없이 집에만 박혀있어도 두려운 상황이다. 방송에서는 우한폐렴이라 하지 말고 코로나19라고 통일했다고 말한다.

이제 곧 3월 개학을 해야 하는데 교육청에서는 방법이 없나 보다. 교사들도 일단 3월에는 집에서 재택근무로 대기해야 하는 상황이 될 것 같다고 하는데 유사 이래 이런 일은 없었을 것 같다.

교사모임에서는 이번 2월에 제레미 다이아몬드의 《총, 균, 쇠》를 읽기로 했는데 어찌 이렇게 때맞추어 다이아몬드가 말한 '균'이 세상을 흔들고 있는지 모르겠다며 교사들은 무섭다고 한다. 겨울 방학을 이용해 읽어보고 토론하기로 했지만 너무 방대하다는 이유로 읽은 교사들이 많지 않기도 했고, 코로나19로 인해 마스크를 철저히 하고도 한자리에 앉아 이야기를 나누는 것은 조심해야 했기 때문에 책을 다 읽은 선생님 몇 명만 상담실에 모였다.

모이긴 했으나 확진자를 알리는 방역 당국의 문자 때문에 교사들은 책의 내용을 이야기할 여유를 갖지 못한다. 누군가가 겨우 중세 유럽의 페스트가 다시 올지 모른다는 두려움을 이야기하자 누군가는 잉카제국을 멸망하게 한 가장 큰 원인은 스페인인들에게 있던 균이었다는 이야기를 한다. 이에 교사들은 공감하며 모두들 조용히 자기 자리로 돌아간다. 무섭긴 무섭다.

·· 2020년 2월 씀

어머니! 아름다운 이름

전염병이 지속되고 있다. 코로나19로 3월에 개학해야 하는 학교는 5월이 다 지나가는 아직까지 등교 수업은 못 하고 온라인 수업을 하느라 동영상에 익숙하지 못한 교사들은 녹화를 반복해서 찍고 있다. 임시방편으로 3학년부터 1, 2학년은 온라인 등교가 시작되고, 담임들은 반 학생들을 아직까지 만나지 못하는 기현상이 일어나고 있다.

학생들이 등교하지 않는 적막한 학교에서 교사들은 동영상으로, 파워포인트로 자신의 목소리를 넣으면서 수업을 진행하고 있는데 교사들의 열성이 학생들에게도 전해지리라 본다.

이번 달에 교사모임에서 정한 《당신이 자꾸 뒤돌아보네》는 2년 전에 토론했던 《너의 우주를 받아든 손》의 저자 최준렬 시인의 작품인데 코로나19로 어수선한 이 시국에 독서토론을 해야 하는지 망설여진다. 아이들은 집에 있고, 교사들도 동영상을 찍고 난 후에는 시간이 조금 남는 것 같아 모두 다 마스크를 철저히 쓰고 모였는데 교사들이 오히려 반색하며 즐거워하니, 진행하는 입장에서 감사할

따름이다.

교사들은 자신의 상황과 나이에 따라 관심 분야가 달랐다. 50이 넘은 교사들이 가장 관심을 보인 곳은 제2부 어머니에 대한 부분이다. 어머니에 대한 시인의 사랑이 어쩌면 이렇게 애틋한지 놀라웠다고 말하며, 교사들은 저마다 떠나보낸 어머니에 대한 미안함, 병실에 있는 어머니들에 대한 죄스러움을 토로하기도 했다.

신앙이 깊은 교사들은 "조가비 하나 달랑거리며 당신을 따라 갈게요. 하지만 순교장까지는 같이 갈 수 없어요. 무서운 길 혼자 가시게 해서 미안해요."라고 쓴 〈야고보 님을 만나다〉라는 시는 참 재미있는 시라고 했고, 산티아고 순례길에서의 시를 최고로 꼽으며 〈피레네 산맥에서 묻다〉에서는 겸허해지자는 예수님의 음성이 들린다고 하여 한참을 웃었다.

〈진료실에서〉는 국어 교사들이 열변을 토했던 부분이다. 5연까지는 서사로서 정말 좋은 시이고, 이 시집에서 가장 좋은 시로 생각하지만, 7연 "남의 일처럼 건조하게 물으면서/ 내 마음을 다독거린다"에서 왜 건조하게 물어야 했고, 왜 자신의 마음을 다독여야 했는지, 살짝만 의사로서의 철학을 넣었다면 이 시집의 백미가 아니었겠냐고 한 교사가 말하자, 다른 교사는 7연이 바로 이 시의 정점이라면서 시의 특성인 함축성을 넣어 한 연으로 간결하게 마무리한 것이 이 시를 더 돋보이게 한다며 의견 충돌이 있었다.

〈신앙촌〉은 코로나19로 주목받게 된 신천지를 이야기하고, 유대인들의 집단거주지인 게토의 이야기로 세계 역사까지 공부하는 시간을 가졌다. 〈너에게 박수를〉은 자존감 향상 교육에 좋은 시인데, 아이들에게는 조금 어려워 아쉽다는 의견이었다.

코로나19로 인하여 마스크를 쓰고 토론했지만, 뜻깊고 흡족한 시간이었다는 교사들의 소감이다. 생명의 소중함을 항상 생각해야 하는 교사로서 인간존중의 의미를 다시 되새길 수 있었고, 공부하는 시간이 행복했다며 즐거운 마음으로 마무리 지었다.

·· 2020년 5월 씀

PART 06

문학기행에 동반하는 독서

충무사에서 인간 이순신을 만나다

이번 겨울 방학에는 독서모임에서 소록도와 충무사가 있는 고금도로 문학기행을 간다. 소록도에는 이청준의 《당신들의 천국》을 읽고 가는 게 마땅한 일이겠지만 읽은 교사들이 많아 읽은 것으로 간주하고, 충무사에 가서 만날 이순신 장군에 대한 예의로 김훈의 《칼의 노래》를 선정했다.

우리가 먼저 방문한 곳은 나병 환자들의 섬으로 알려진 소록도. 작은 사슴 모양의 섬이라서 붙여진 이름 소록도는 30년 전, 이청준의 《당신들의 천국》을 읽으면서 알게 되었고, 그런 세상이 있다는 것만으로도 전율했었다. 한센인(나병 환자)들은 병이 전염된다는 이유로 일제 강점기에 소록도에 강제 이주하여 소록도 건설에 혹사당한 것도 모자라 불임수술과 생체실험을 당해야 했다. 생체실험실을 돌아볼 때는, 가슴은 먹먹해지고 숨을 쉬는 것조차 사치스럽게 느껴졌다. 아직도 많은 환자분들이 지키고 있는 이 섬을 지나 고금도로 간다.

이순신 장군을 추모하기에 적절한 날씨. 충무사에서 우리는 노무현 대통령도 0순위로 꼽았다는 김훈의 《칼의 노래》에 대해 이야기한다. 제목부터 궁금증을 자아냈던 책. 읽은 내용을 말하고 싶어서 여기저기서 목소리를 높이는 선생님들 때문에 나는 준비해간 자료만 나누어 주는 것으로 끝내야 했다. 장편소설이 하나의 서정시로 시작된다는 선생님, 우리가 알지 못했던 선조와 이순신과 시대의 이야기를 간추려 주는 선생님, 이순신의 바깥 활동으로 살림에 힘들었을 아내를 떠올리는 선생님들의 이야기는 찻잔을 들 시간도 부족할 정도로 열띤 토론이다. 선생님들은 수업에 접목할 내용들을 과목에 따라 또 정리해야 하는 수고들은 짊어졌지만, 방학을 뜻깊게 보내고 있는 우리 스스로에게 박수를 보낸다.

·· 2011년 1월 씀

백담사에서 이 환장할 봄날을 만끽하다

이번 여름 방학에도 문학기행을 하기로 했다. 백담사로 결정했으니 한용운에 대한 기본 조사는 해야 한다. 그런데 우리가 읽을 책은 미리 정해지고 여행지는 즉흥적으로 정하기 때문에 여행지와 책이 맞는 경우가 거의 없다. 교사모임에서 이미 정해서 읽은 책은 박규리의 《이 환장할 봄날에》인데 백담사라는 특수 환경이라 국어 선생님은 한용운의 시 중에서 온 국민의 애창 시인 〈님의 침묵〉과 〈알 수 없어요〉를 프린트물로 제작한다.

시집으로 토론이 얼마나 가능할까 했는데 소설이나 인문학을 할 때보다 훨씬 적극적이다. 선생님들의 반응이 이렇게 좋을 줄 누가 알았으랴. 백담사 가는 차 안에서 국어 선생님이 〈님의 침묵〉을 멋들어지게 읊자, 우리의 해피바이러스인 기가 선생님은 〈님의 침묵〉에서 님은 하느님도 아니고 부처님고 아니고 조국은 더더욱 절~~~대 절대 아닌, 정말 정말 못생긴 여인이었을 거라는 말에 우리는 버스가 흔들릴 정도로 한바탕 웃는다.

버스 안에서 한용운과 박규리에 대한 예찬이 있은 후, 우리는 백담사 입구에서 비를 만났다. 모두가 노랑 비옷을 사서 입으니, 그 또한 아름다운 모습으로 남는다. 1995년 전두환이 머물렀다는 화엄실을 둘러보고 이 숭고한 자리에 그가 머물렀음은 오점이라고 우리는 투덜거린다.

저녁을 먹고《이 환장할 봄날에》에 대해 토론하는데 교사들은 이미 화자의 입장에 감정 이입이 되어 밤늦도록 열을 올린다. 특히 〈고죽골 할매〉라는 시에서 교사들은 큰 충격을 받은 것 같다. 외롭다는 게 얼마나 지독한 형벌인지를 느끼게 하는 시인 것 같다며 너무도 솔직하게 표현한 시인의 정서에 모두들 깊은 공감을 하고 있었다. 토론할 수 있는 날은 언제나 환·장·할·봄날이다.

·· 2011년 7월 씀

토지 문학공원에서 과학 콘서트를

과학에는 너무나 문외한이라 과학 선생님의 설명이 주를 이룰 것 같아 나는 과학 선생님에게 미리 과외를 좀 받는다. 다른 선생님들도 과외를 받으려는지 과학 선생님 앞은 문전성시를 이룬다.

오늘 독서모임에서는 강원도로 문학기행을 간다. 박경리의 최고작인 《토지》를 읽고 가자는 의견도 있었지만 겨울 방학에 통영에 갈 때 읽기로 하고 요즘의 화제작인 《정재승의 과학 콘서트》를 선택했다. 그러면서 선생님들은 이 책을 보니 인간사 모든 일이 과학이란다. 과학이 꾸려놓은 콘서트장 안에서 우리는 살아가고 있기 때문에 박경리 선생님도 과학에서 벗어날 수 없다고 끼워 맞춘다. 그래. 그렇다고 치기로 한다.

차 안에서 음악 선생님과 사회 선생님의 박경리 예찬이 있은 후에는 저마다 예전 드라마였던 '토지'로 이야기꽃을 피운다. 최서희 역에는 역시 최수지가 최고였다느니, 우리 졸업생인 박지영이 임이네 역을 너무 잘했다느니, 수다를 떨다 보니 월정사에 도착이다.

월정사 전나무 숲길에 환호성을 지르고, 계곡을 지나 만나는 월

정사 앞 가파른 계단에는 모두들 너무도 조용하다. 화려하고 높게 서 있는 월정사에 모두들 압도되었거나 스스로가 너무 작아져 버린 중생임을 실감했기 때문인 것 같다.

월정사를 지나 대관령 양떼목장에서 만난 안개 낀 한여름의 멋진 풍경에 "이것은 유럽인가 대한민국인가"를 외치는 한 선생님 때문에 또 한 번 눈물 나게 웃는다.

이어서 우리는 우리의 최종 목적지인 박경리 문학공원으로 이동한다. 원주시 토지길에 있는 박경리 문학공원은 선생님의 옛집과 정원, 집필실 등이 원형대로 보존되어 있고, 《토지》의 배경을 옮겨 놓은 테마공원은 세 가지 주제로 평사리마당, 홍이동산, 용두레벌로 꾸며져 있다. 박경리 선생은 1980년에 이곳으로 이사 와 18년 동안 살면서 《토지》 4부와 5부를 집필하였다. 집필실 안으로 들어서자 "진정한 뜻에서의 자유는 절대고독이다…"로 시작하는 선생의 친필로 쓰인 자유에 대한 소고(고찰)가 우리를 맞이한다.

우리의 기행이 빈틈없이 야무지게 이루어질 수 있도록 기획한 사회 선생님께 우리 모두 감탄의 박수를 보내며, 《정재승의 과학 콘서트》에 대해 이야기한다. 실험실을 빠져나와 무대에 과학을 세운 저자의 아이디어가 기발하다느니, 음악 시간에 배운 라르고, 렌토, 아다지오 안으로 과학을 재미있게 넣었다느니, 마지막을 커튼콜로 정리한 것은 저자를 더 돋보이게 하기에 충분했다느니 모두들 한 마디씩 소감을 말하는 동안 밤은 깊어간다. 우리 숙소의 눈썹돌에는 쌀뜨물 같은 이슬이 소리 없이 와서 앉아 있다.

·· 2012년 8월 씀

봉하마을에서 조선 왕조를 생각하다

이번 책에는 학생들이 전혀 반응을 보이지 않아 이유를 물으니 책의 제목에서 매력을 느끼지 못한단다. 그런 이유도 있겠지만 2월에는 1주일만 학교에 나오고 새 학년 준비를 하고 졸업 준비를 하니 아이들의 마음은 이미 들떠있기 때문이다.

이번 봄방학을 기해 봉하마을로 출발한다. 노무현 대통령을 만나려면 《운명이다》를 읽어야 하는데 예전에 읽은 교사들이 많아 역사 선생님의 추천으로 《심리학으로 보는 조선왕조실록》을 선정했다.

전라도와 경상도를 가르는 터널을 경계로 이렇게 다르다니! 정말 깜짝 놀랐다. 눈이 너무 많이 와서 취소하려다 그냥 강행하는데 나제통문 터널을 지나자마자 경상도는 눈이 하나도 없다. 정말 재미있는 현상이다. 선생님의 역사 이야기를 경청하며 봉하마을에 들어서자 이승철의 '그런 사람 또 없습니다'가 우리의 아린 마음을 에워싸고 돈다. 부엉이 바위를 바라보고, 돌무덤을 돌면서 노무현 대통령과 가슴 아픈 인사를 하고 통도사로 간다.

사찰에 사람들이 정말 많다. 전라도에서 보는 한가하고 여유로운 사찰의 모습이 아니고 여기는 관광지처럼 사람들이 많다. 불교를 많이 믿는 지역이기 때문인지, 아니면 전라도보다 경상도에 많은 사람들이 관광을 가기 때문인지 궁금하다.

부산의 명물 자갈치 시장을 돌아 해운대에서 겨울 바다의 묘미를 즐기고 숙소로 들어가 숙제를 해야 하는데 공부할 분위기가 아니다. 역사 선생님의 강연으로 대체해야 하는 것 아닌가 생각했는데, 막상 시작하니 기본으로 알고 있는 내용이 많은지라 토론에 불이 붙는다.

조선의 왕뿐만 아니라 왕으로 산다는 것이 얼마나 큰 불행이냐고. 노무현 대통령의 아픔을 우리는 천만 분의 일도 이해하지 못할 거라고. 강한 어머니 밑에 약한 아들이 초래한 비극을 단지 궁궐 안의 이야기는 아니라고. 마음이 공허한 나르시시스트인 임금도 있었다고. 《심리학으로 보는 조선왕조실록》에 대해 의견을 말하며 부산의 밤을 맞이한다. 이불을 뒤집어썼는데도 이불깃이 칼날처럼 서리다.

·· 2013년 2월 씀

당당한 인문학자 김수영을 캄보디아, 베트남에서 생각하다

선생님들 일곱 명이 캄보디아, 베트남 여행을 떠난다. 이왕이면, 이 나라에 관련된 책을 읽고 출발하면 좋은데, 항상 책은 먼저 정해지고, 여행은 번개팅으로 이루어진다. 캄보디아와 베트남에서 어떤 연결점으로 요즘 베스트셀러인 《강신주의 맨얼굴의 철학 당당한 인문학》을 토론할 수 있겠냐고 했더니 선생님들이 연결고리를 찾을 테니 걱정 말고 그냥 이 책으로 정하자고 하여 선생님들을 믿고 따라가 본다.

먼저 캄보디아에서 악명 높은 크메르 루주 정권의 폴 포트가 만들어 낸 '킬링필드'를 만난다. 1969~1979년에 일어난 대량 학살사건으로 무더기로 쌓인 해골이 역사의 현장을 그대로 보여주고 있다. 크메르 정권은 농경시대가 유토피아라며 지식이 있는 사람은 모두 학살하여 170만 명을 처형했다. 하여 현재 캄보디아에는 젊은 층이 거의 없고, 노인과 어린이들만 많다고 한다. 과연 그랬다. 길가에는 30~50대는 거의 없었다.

끔찍한 광경을 뒤로하고, 몇 년 후에는 가라앉아 볼 수 없다는 캄보디아의 오랜 유적 앙코르 와트로 향한다. 도시 전체가 웅장하다. 가난하다고 쉽게 생각한 캄보디아의 역사에 겸손하지 않을 수 없다. 나라 전체가 사원의 도시다. 이렇게 많은 사원을 지을 수 있었던 캄보디아의 경제력은 유적 많은 로마의 경제력과 비교해야 하지 않을까 싶다. 12~13세기 앙코르 왕국의 번성함에 놀라고 해자로 둘러싸인 앙코르 와트에 또 한 번 놀라며 우리의 빈약한 유적에 고개를 숙인다.

이제 베트남이다. 질서라곤 찾아볼 수 없고, 지저분하고, 못살지만, 얼굴에는 자유의 웃음이 넘쳐났다. 사회주의의 틀에 있지만, 자본주의를 실시하고 있는 나라. 유시민의 《거꾸로 읽는 세계사》를 보고 어느 정도 객관적인 시각에서 호찌민을 보게 되었지만, 베트남인에게 호찌민은 성웅 그 이상인 神이었다. 베트남 전쟁 때는, 세상의 대장인 미국을 이긴 세계 유일의 나라다. 베트남을 이끌었던 호찌민은 결혼도 하지 않았고 권력을 이용하여 어떤 부귀영화도 누리지 않았다. 하여 베트남은 호찌민 묘소를 넓고 크게 지어서 베트남인들은 그를 추앙하고 있다. 묘지의 양옆으로는 "호찌민은 우리 마음에 살아 있다.", "사회주의여 영원하라."라는 문구가 베트남어로 적혀 있다.

바다 위에 수천 개의 섬이 뿌려져 있는 하롱베이로 이동한다. 빈틈없는 섬으로 둘러싸인 바다 안의 호수가 신비한데 용이 내려올 때, 긴 꼬리로 계곡과 동굴이 생겼다고 한다. 이 호수 안에서 나는 이미 선녀가 된다.

요즘 베스트셀러라고 국어샘이 선정한 《강신주의 맨얼굴의 철학 당당한 인문학》도 바쁜 일정으로 읽은 선생님들이 적은 것 같은데, 선생님들은 폴 포트에게서 나쁜 맨얼굴을 보았고, 호찌민에게서 당당하고 아름다운 얼굴을 보았다며 잘도 끼워 맞추어 말한다. 너무 잘난 체하는 저자의 글에 빈정이 상해서 읽다 멈추었다는 샘들의 변명 아닌 변명에 한바탕 웃는다.

·· 2014년 2월 씀

베아트리체를 만난 동유럽 여행

오늘 동아리 시간에 마리 앙투아네트를 아는지 묻자마자 아이들의 얼굴은 활짝 피고, 아이들의 행복감은 이미 텔레파시로 전해져 온다. 나도 사춘기 시절에 《베르사유의 장미》에 매료되어 수업을 제대로 들을 수 없었으니까. 나는 그녀를 오스트리아의 쇤브룬 궁전에서 보았고, 마리 앙투아네트가 모차르트와 대화를 나누었다는 거울의 방에도 들어가 보았다고 했더니 "선생님 꿈꾼 것 아니에요?" 한다. 그래서 나는 해외여행에서는 감동의 크기도 너무 컸고 기록할 것도 많아 따로 기행문을 쓸 것이며 여기에서는 사진을 중심으로 간단히 얘기해 주겠다고 말한다.

나의 첫 유럽여행이 시작되었다. 여행의 시작은 기다림에서 왔다. 그렇게도 기다리던 유럽은 작년에 명퇴한 과학 선생님과 동행했다. 세계사 부분은 책을 통해서 어느 정도 알고 있지만 과학에는 문외한이라 과학 선생님은 든든한 동행이었다.

처음에 도착한 독일에서 베를린 장벽을 보았지만 그냥 높다란 벽이 세워져 있으니 생경하다. 장벽이라니까 나는 이미 머릿속으로 우리의 삼팔선 광경을 떠올렸기 때문이다. 이윽고 폴란드로 이동하여 나치 독일의 실상을 두 눈으로 확인한다. 우리의 숨소리도 멎게 한 아우슈비츠 수용소에서는 차가운 한기를 온몸으로 느껴야 했다.

헝가리로 이동하여 아름다움의 극치를 자랑하는 다뉴브 강의 야경과 부다 왕궁 등을 보고 드디어 모차르트의 나라 오스트리아로 간다. 〈사운드 오브 뮤직〉이라는 영화의 배경인 잘츠부르크에 도착하니 발걸음 움직이는 곳곳마다 모차르트의 숨결이 느껴지고 입에서는 도레미송이 절로 나온다.

TV 프로그램 〈꽃보다 누나〉를 통해 보았던 크로아티아! 아기자기한 호수와 폭포에서 요정이 튀어나올 것만 같은 플리트비체를 지나 가장 경이로운 자연 미술관이라고 격찬을 받는 슬로베니아의 포스토이나 동굴로 향한다. 샹들리에처럼 매달린 종유석이 신기한데 동굴의 천장에서 물이 떨어지면서 이산화탄소가 증발하는 순간에 굳어진 것이 종유석이라고 과학 선생님은 설명해 준다. 아하. 그렇군.

드디어 우리의 하이라이트 체코다. 〈변신〉을 쓴 카프카를 통해 알게 된 체코였는데 얼마 전 교사 독서모임에서 밀란 쿤데라가 《참을 수 없는 존재의 가벼움》으로 또다시 체코에 오라고 손짓했다. 먼저 중세와 르네상스 건물로 도시 전체가 세계문화유산인 체스키크룸로프에 도착한다. 모든 것을 사랑하게 만드는 재주를 가진 마법의 성이다. 체스키크룸로프의 아름다움을 남기고 프라하로 간다.

낭만의 거리인 카를교에 들어서자 나는 보헤미안이 되어 그들의 음악에 엉덩이가 저절로 들썩인다. 그리고 예수님의 열두 제자가 등장하는 시계탑을 보기 위해 세계인이 몰려드는 프라하 광장에서 벅차오르는 감격에 꺼이꺼이 울고 싶어진다. 세계여행가들이 여행의 마지막을 동유럽에서 장식하라고 하는 말을 이해할 수 있을 것 같다. 한 마디로 예쁘고 사랑스러운 도시다.

나는 이번 여행을 오기 전에 단테의 《신곡》을 읽었다. 《신곡》은 동유럽과는 크게 연관이 없어 보였지만, 나는 연결고리를 또 찾아낸다. 나는 여기서 지옥과 연옥을 소개하는 베르길리우스가 아닌 천국을 소개하는 베아트리체를 만났다. 동유럽은 베아트리체가 노래하는 천국이었다. 그리고 내 수첩 안에는 동유럽 기행문의 초고가 냉큼 올라앉아 있다.

·· 2015년 8월 씀

샤머니즘과 밝은 미래가 공존하는 인도

이번 교사모임에서 선정한 《한밤의 아이들》을 가지고 다니자 또 "이 책은 무슨 내용일까요?" 아이들이 묻길래 "머리는 두 개인데 -그중 하나만 보게 될 것이며- 밀림이 그를 삼키고 마녀가 그를 되찾으리라." 했더니 귀신 이야기냐고 소스라친다. 어느 나라의 이야기일까 하며 내가 스무고개 놀이를 통해 인도의 이야기임을 알게 하고 간단히 소개해 주니 그렇게 무서운 나라가 있느냐며 되묻는다.

더불어 이번 겨울 방학에 인도를 여행하며 찍어둔 사진이 있어 보여주면서 설명하니 아이들의 반응이 폭발적이다. 특히 우리 아들과 같이 찍은 사진이 나올 때는 환호성을 지르며 어떤 며느리를 원하느냐고 묻는다. 아이들의 귀여운 질문에 한바탕 웃고 우리 아들이 스물네 살이나 먹었다니 그 정도 차이는 아무것도 아니란다.

다른 나라에도 일찍 다녀왔다면 멋진 내 미모와 함께 여러분들이 동아리 시간에 그 나라를 간접 여행할 수 있었을 텐데 아쉽다고 했더니 "선생님이 잘못했네요."라고 아이들이 말한다. 중학교 여학생은 참으로 사랑스럽다.

이번 겨울 방학에 인도로 출발했다. 인도는 3,000년 전의 삶을 사는 나라이며, 살아있는 것은 모두 더불어 사는 나라였다. 인도로 나를 이끈 책은 〈신상〉이라는 영화와 류시화의 《하늘 호수로 떠난 여행》과 나렌드라 자다브의 《신도 버린 사람들》이었다. 그래서 갔다. 더러운 정도야 상상을 초월했지만, 원주민인 드라비다족이 살던 곳에 유럽인인 아리안족이 침략하여 지금의 힌두교를 세운 사실과 이슬람이 1,000년을 지배한 역사를 공부할 수 있는 좋은 기회였다.

암베르 성과 아그라 성과 타지마할 등을 통해 이슬람을 보았고, 카주라호를 통해 정부에서 국민들에게 글자를 가르치지 않고 성문화를 가르친 힌두교의 정치를 보았다. 갠지스 강의 새벽에서는 삶과 죽음이 같은 장소에서 같이 일어남을 보며 삶과 죽음은 자연의 한 자락임을 몸으로 느꼈다.

그리고 다양한 종교가 공존하는 공간에서 소와 닭과 개와 사람이 길거리에서 같이 먹고 자는 것을 보면서 우리의 선사시대의 모습도 이와 같았을 거라고 생각했다.

인도의 대문호 살만 루슈디의 《한밤의 아이들》을 작년에 교사모임에서 토론 책으로 선정했었는데 인도에 가기 전에는 이 책이 참 어려웠다. 그러나 여행을 하면서 나는 이 책을 모두 이해해 버렸다. 샤머니즘과 밝은 미래를 같은 공간에서 보았기 때문이다.

0이라는 숫자를 발견한 인도와 IT의 선두 주자인 인도를 눈으로 확인하고 나니 인도는 후진국이라 생각했던 나의 어리석음이 부끄럽기만 하다. 샤머니즘이 넘실거리지만, 그 안에서 싹트는 인도의 밝은 미래를 살만 루슈디는 제대로 읽어낸 것 같다.

·· 2016년 2월 씀

이베리아 반도에 동행한 미술과 인문학

선생님들도 재미있는 책 좀 읽으라고 한다. 그래서 알았다고, 그럼 또래상담 교육이나 좀 더 하자고 했더니 그 책이 무슨 내용이냐며 자리를 고쳐 앉는다. 교육보다는 선생님의 이야기가 훨씬 재미있기 때문일 것이다. 그래서 난 이번 여름에 아프리카도 갔다 왔다며 뜸을 들이고 《미술관 옆 인문학》에 대해 살짝만 건드려 준다. 이 책은 '논술은 이렇게 쓰는 것이다'를 알려준 책이며, 전혀 상관이 없을 것 같은 미술과 인문학에서 공통점과 차이점을 찾아내서 논리적으로 주장을 펼친 글이라고 말해준다. 그리고 알함브라 궁전에도 갔다 왔다며 컴퓨터를 통해 사진을 보여주니 좋아서 환호성을 지른다.

이제 이베리아 반도를 거쳐 모로코다. 스페인에 먼저 도착해서 《돈키호테》의 작가 세르반테스의 동상을 만나고, 프라도 미술관에 간다. 박홍순 님의 《미술관 옆 인문학》에서 그림들을 보아서인지 그림이 조금 보인다. 정말 아는 만큼 보이는 것이 맞다. 포르투갈로 이동하는데 내 입에서는 '포르투게스'라는 단어가 입에 붙는다. 2년 전에 교사모임에서 읽은 《리스본행 야간열차》의 주인공이 이 단어에 이끌려 포르투갈의 리스본으로 가기 때문이다. 리스본에서 에그타르트 빵도 먹어보고 카르멘의 무대 세비야에 들러 세비야 대성당에 들어갔는데 그 화려함에 나는 화부터 내고 만다. 마야문명을 망가뜨리고 거기서 가져온 돈으로 성당을 이렇게 화려하게 지었나 하는 생각이 들었기 때문이다. 그러나 아이러니하게도 이 성당은 세기를 관통하는 예술 작품이 되었고 나는 이 예술 작품을 감사히 감상하고 있다.

지중해를 건너 아프리카로 가는데 왜 이렇게 가슴이 쿵쾅거릴까? 어릴 때부터 헤라클레스 기둥을 그렇게도 보고 싶었고, 고등학교 때는 카뮈의 《이방인》 때문에 지중해의 해를 그렇게도 보고 싶었는데 드디어 지중해를 건넌다. 그리고 아프리카 입성이다. 모로코의 중세도시 페스에서 진동하는 똥 냄새에 머리가 아프다. 가죽을 세공하는 공장은 수공으로 작업하는데 새똥 등을 가져다 가죽에 입히기 때문이다. 영화의 배경인 카사블랑카를 지나, 이슬람 사원을 돌아보고 다시 스페인으로 온다.

TV 프로그램 〈꽃보다 할배〉를 통해 보았던 론다의 기암괴석의 화려함에 환호성을 지른다. 론다를 뒤로 하고 알함브라 궁전으로 향하는데 내 입에서는 "라라랄라라라라라라라~~~~" 〈알함브라 궁전의 추억〉이라는 기타 음이 절로 나온다. 이슬람의 궁전이었지만, 가톨릭에 빼앗기며 인샬라를 외쳤다는 알함브라 궁전에서 숙연

함을 느끼며 메스키타라는 성당에서는 가톨릭과 이슬람의 조화를 보니 재미있다.

드디어 하이라이트인 가우디의 나라. 가우디의 도시인 바르셀로나다. 20세기가 낳은 천재 건축가 가우디의 가장 천재적인 작품 사그라다 파밀리아 성당은 안에 들어가면 수목원에 있는 느낌이다. 가우디는 나무를 형상화해서 성당 내부를 장식했다. 스페인 또한 말로 설명할 수 없는 사랑이다.

《미술관 옆 인문학》을 통해서 미술을 알고 떠나니 여행이 풍성해졌다. 그래서 아이들에게 말한다. 책이 주는 행복을 여러분이 느꼈으면 정말 정말 좋겠다고.

·· 2016년 7월 씀

〈아라비아의 로렌스〉를 만난 신화와 성서와 이슬람의 나라

이번 겨울은 몹시 흉흉했다. 이슬람 원리주의자들이 이스탄불에서 테러를 일으켜 이슬람 쪽의 여행은 조심스러운데 여행사에서는 저렴한 가격에 여행객을 모집하고 있다. 여행사에 문의하니 터키는 조용해졌고 우리는 유적지로 다니니 안심하라고 말해서 위험을 무릅쓰고 출발했다.

내 어린 날부터 가장 가고 싶은 곳이 이집트였고, 그다음이 터키의 이스탄불이었다. 그 옛날 로마 시대에는 콘스탄티누스 황제가 이곳에 동로마제국을 건설했고, 돌궐도 욕심을 내었고, 1차 세계대전 때에는 독일도 탐을 내었다. 이름만 들어도 설레는 이스탄불! 비잔티움에서 콘스탄티노플로, 콘스탄티노플에서 이스탄불로. 집권한 나라에 따라 세 번이나 명운이 엇갈린 곳. 현재는 이슬람 문화권이지만, 동서양의 문화가 공존하며 신화와 성서와 이슬람이 공존하는 나라이다.

그래서 갔다. 그런데 아타튀르크 공항에 도착하니 흉흉한 분위기가 실감이 난다. 무장한 경찰들이 즐비하게 서 있는 모습을 보자 모골이 송연해진다. 재빠르게 공항을 빠져나와 이스탄불 최대의 바자르(시장)로 간다. 터키는 이슬람 세계에서 가장 서구화되었지만 히잡을 쓴 여성들과 흰옷으로 몸을 가린 이슬람 남자의 복장에서 이곳이 이슬람임을 확인한다.

트로이로 이동하여 호메로스의 《일리아스》를 생각하며 가련한 프리아모스 왕은 어디쯤에서 아킬레우스에게 무릎을 꿇었을지 가늠해 본다. 그리고 전쟁을 일으킨 철없는 파리스와 헬레나는 어디쯤에 있었을까 추측해 보며, 트로이 목마에 올라서는 오디세우스의 지략을 꿈꾸어 본다.

트로이에서 세 시간을 이동하여 에게해에 우리의 숙소를 잡는데 내 머릿속에는 줄곧 영화 〈아라비아의 로렌스〉가 따라다닌다. 1차 세계대전 때 영국은 유대인에게 팔레스타인 땅에 이스라엘이라는 나라를 세워주겠다는 벨푸어 선언을 하는 동시에 아랍인에게는 팔레스타인을 정식국가로 인정해 준다는 맥마흔 선언을 한다. 부질없는 선언에 놀아난 아랍인은 지금도 정처 없이 이스라엘에 얻어맞으며 살고 있다.

목화꽃이 피어난 듯한 파묵칼레에서 황성 옛터를 한눈에 보며 그리스 신화가 꿈틀거리고 크리스트교가 숨 쉬고 있는 에페소로 간다. 이럴 수가. 이렇게 큰 도시일 수가. 하드리아누스 신전의 앞뒤문에 테티스 여신과 메두사가 있고, 니케 여신상과 치료의 신 아스클레피오스의 지팡이가 신화의 도시임을 입증한다.

그리고 가톨릭을 통해 '에베소서'라는 말은 들어봤지만, 여기에

와서 사도 바울이 에페소인 이곳에 터를 잡으며 전도의 글을 썼다는 것을 이해한다. 피난 중인 기독교인의 집은 암호로 표시되어 있는데 기암괴석의 카파도키아에서도 그들의 피난처를 수없이 볼 수 있다. 암석을 파서 만든 주거지 안쪽에 300개 이상의 교회가 있다. 피난민의 행렬은 여기서 끝나지 않고 지하 20층으로 이루어진 데린쿠유가 절정을 이룬다.

다시 유럽과 아시아를 가르는 보스포루스 해협을 건너 이스탄불 최대의 유적인 블루 모스크와 아야 소피아 박물관으로 간다. 블루 모스크는 17세기에 이슬람교의 우수성을 보이기 위해 바로 앞에 있는 아야 소피아 성당보다 1,000년 후에 지었는데 겉모양은 거의 비슷하다. 안에 들어가면 창문으로 푸른 빛이 들어와 블루 모스크라 부르게 되었다 한다. 아야 소피아 성당은 600년대에 동양 최대 성당으로 지어졌지만, 이슬람이 터키를 지배하며 성당 안 성서의 내용과 성화를 모두 회반죽으로 덧칠해 버렸다. 요즘에 박물관으로 사용하며 회반죽을 조금 벗겨서 옛 모습의 형체를 알 수 있다.

이어서 케말 파샤의 궁전이라 할 수 있는 돌마바흐체 궁전의 화려함을 보고 이슬람 문화의 진수를 보여주는 톱카프 궁전에서 터키 여행을 마무리한다. 신화와 성서와 이슬람이 살아 숨 쉬는 터키! 눈과 비와 우산과 비옷이 그 감동의 깊이에 숟가락 하나 슬쩍 올려놓는다.

‥ 2017년 2월 씀

《로마인 이야기》와 함께한 서유럽

동아리 학생들이 이번 여름 방학에는 어디에 갔다 왔느냐고 묻는다. 나는 또 뜸을 들인다. 쉽게 내놓을 패가 아니다. 간절해야 집중도도 좋기 때문이다. 사실 이번에는 서유럽 이야기를 하려고 파워포인트로 이미 작성해 놓았다.

서유럽에 가기 전에 예전에 읽었던 《로마인 이야기》를 다시 보며 과학 선생님과 얘기를 나누는데 그 선생님은 이 책을 나보다 더 완벽하게 독파했으며 로마에 대해서는 팬이 되어 있었다. 아이들이 과학 선생님이 사회를 좋아한다는 사실에 놀라워하며 존경하고 있음을 표정으로 말한다.

여행! 여행이란 빚을 내서라도 하라는 말이 있다. 정말 그렇다. 빚을 내어서라도 여행은 해야 한다. 여름 방학을 이용하여 15박 16일 동안의 서유럽 여행을 마쳤다. 기다리고 기다린 여행이었다. 영국을 시작으로 네덜란드, 벨기에, 룩셈부르크, 독일, 오스트리아, 이탈리아, 모나코, 스위스, 프랑스의 핵심만 콕콕 집어서 다녔다.

처음에 도착한 영국은 한여름인데도 눈비가 오는 을씨년스러운 날씨였다. 이름만 듣던 타워 브리지와 빅벤과 국회의사당을 본 것도 좋았지만, 대영 박물관에 가지 않았다면 영국에 온 의미가 없었을 것 같다. 세상의 유물을 훔쳐온 박물관에서 눈물겹게 로제타 스톤을 만나고 람세스 2세의 흉상을 보고, 파르테논 신전에서 떼어다 만든 그리스관을 보며 여기에 온 보람에 도취되었다.

풍차의 나라 네덜란드로 이동하여 《하멜표류기》와 《안네의 일기》를 생각하며 운하보다 아래에 있는 주거지를 보고 늪지로 이루어진 이 나라를 반석에 올린 국민성에 존경을 표한다.

세계의 명물인 아주 작은 오줌싸개 동상을 보기 위해 벨기에의 브뤼셀에서 식민지인 콩고에 가한 벨기에의 야만성을 듣고 룩셈부르크로 이동해 그들의 역사를 알 수 있는 성채에서 사진을 찍고 철학의 도시인 독일의 하이델베르크로 간다.

꿈결보다 더 고풍스러운 하이델베르크의 성에서 헤겔, 하이데거 등의 철학자들은 인생을 논했고, 슈만은 음악으로 인생 경로를 바꾸었다고 한다. 니체의 의자가 남아 있었는데 줄을 서서 나도 그 의자에 앉아 니체의 호흡을 듣고 백조의 성으로 알려진 퓌센을 거쳐 황금 지붕이 빛나는 오스트리아의 인스브루크로 이동하여 마리아 테레지아의 영광을 확인한다.

드디어 말뚝을 박아 도시를 만든 베네치아에 도착하여 인간 승리의 업적을 만나고, 황혼녘에 타라는 곤돌라를 햇볕 내리쬐는 대낮에 타며 카사노바의 탄식의 다리를 건너 르네상스의 고향 피렌체로 이동한다. 레오나르도 다빈치, 미켈란젤로, 단테, 마키아벨리, 갈릴레오 등 수많은 영웅을 배출한 도시답게 화려한 이곳에서 단테가 아홉 살 때 만났다는 베아트리체를 만나기 위해 베키오 다리를 기웃거린다.

폼페이로 이동하여 영화 〈폼페이 최후의 날〉에서 보았던 폼페이의 크고 화려한 영광을 확인한 후, 로마의 2대 황제인 티베리우스가 사랑한 카프리 섬에 올라 그가 이곳에서 기인처럼 행동한 이유를 이해한다.

모든 길은 로마로 통한다는 말이 맞았다. 세계 거의 모든 나라를 점령한 로마는 본국과 빠른 소통을 위해 길을 만들었다. 여행하는 곳곳마다 《로마인 이야기》가 내 여행에 도움을 준다. 콘스탄티누스 개선문에 대한 배경도, 콜로세움의 건축 과정도 알 수 있어 나는 이 책의 도움을 톡톡히 본다. 콜로세움을 내 눈으로 확인하고 담벼락이라도 만져볼 수 있음에 감사하며 영화 〈글래디에이터〉와 〈스파르타쿠스〉가 눈앞에 펼쳐짐을 확인한다. 캄피돌리오 언덕에 올라 《로마인 이야기》에서 그렇게도 많이 보았던 포로 로마노를 바라볼 수 있는 영광은 무엇에 비하랴.

스페인 광장, 트레비 분수는 당연한 여행코스이고, 나는 뜻하지 않게 만난 신들의 집인 판테온을 볼 수 있음에 황송해한다. 그리고 바티칸으로 이동하여 아이들과 수업시간에 자료로 쓴 라파엘로의 '아테네 학당'을 보며 전율을 느낀다. 시스티나 성당에서는 미켈란젤로를 만나며 그의 예술성과 고단함에 경의를 표하고 베드로 성당에서 최고의 경건함으로 기도한다.

피사의 사탑에서는 상당히 기울어진 실제 모습에 놀라고 패션의 도시 밀라노에서 두오모 성당의 화려함에 눈이 휘둥그레진다. 아름다운 스위스의 알프스를 거쳐 파리로 와서 내 어린 날에 아픔을 주었던 마리 앙투아네트가 사형당한 콩코르드 광장을 확인하고 한강의 1/10도 안 되는 센 강의 야경을 감상하고 루브르 박물관으로 향한다. 밀로의 비너스상, 니케상, 함무라비 법전을 보며 영국의 대영 박물관이 인류가 걸어온 삶의 흔적을 기록했다면, 여기는 인류가 누린 문화의 발자취를 모았다고 나름 정리한다. 몽마르트르 언덕에 올라 다시 마리 앙투아네트를 생각하고 고흐, 고갱, 피카소 등을 떠올린다. 샹젤리제 거리에 나가 개선문을 바라보고 나폴레옹을 기억하며 내 서유럽 여행을 정리한다.

여행의 끝은 감사함이다. 책으로만 알고 있던 유물들을 볼 때의 그 감격은 말로 표현하기 어려운데 이렇게 여행할 수 있는 여유가 주어짐만으로도 무한히 감사하다. 바람보다 먼저 내 발등으로 흰 구름이 내려왔다.

·· 2017년 9월 씀

이집트에서 람세스를 만나다

동아리 학생들이 이번에는 어디를 다녀왔느냐고 묻길래, 파워포인트로 보여줄 사진을 다 완성해 놓았다고 하자 환호성을 지른다. 교사모임에서는 이번 방학은 독서를 제외한 힐링을 제대로 해보고 싶다는 제안이 있어 나는 예전에 읽은 《람세스》를 이집트로 출발하기 전에 다시 읽었다. 꿈에 그리던 이집트! 위험하다고 미루고 미룬 이집트에 다녀왔다.

신화 속에만 존재할 것 같은 나라, 이집트! 지금 현존하는 이집트가 람세스가 이끌던 그 이집트가 맞나 하고 의문을 가졌었다. 인간의 한계를 극복한 두바이를 경유지로 들른다. 바다를 메워 팜 주메이라라는 야자 섬을 만들고, 사막에 도시를 세워 세상에서 가장 높은 부르즈 할리파를 세운 두바이. 사막에서 베두인들과 한 끼를 먹어보는 것도 소원이었는데 사막 투어가 끝나고 우리는 베두인과 한 끼를 나누는 영광을 가져본다. 세상의 별들이 모두 모인 것처럼 하늘도 따스하다. 행복이란 이런 거다. 하고 싶은 것을 해보는 것.

카이로 공항에 도착하는 순간 이집트다. 공항의 벽화에서는 책에서 보던 신들이 튀어나와 반갑게 인사하고, 거리거리마다 람세스 2세가 우리를 환영한다. 먼저 고고학 박물관에 들러 복제품인 로제타 스톤을 만나고 하트셉수트 여왕의 석상, 아크나톤의 석상을 만나니 오묘한 감정을 표현하기 힘들다. 2층으로 올라가 투탕카멘의 황금 마스크 등을 볼 때는 여기 올 수 있었음을 또다시 감사해한다.

람세스 2세의 배웅을 받으며 박물관을 나와 나일 강의 홍수를 통제하는 아스완 하이댐을 거쳐 책 《람세스》에서 람세스 2세가 나일 강변에서 모세와 만나 이집트 건축에 대해 상의하던 곳에서 미완성 오벨리스크도 만난다. 필레 신전으로 이동하여 빛과 소리의 대명사인 신전의 야경을 감상하는데 이렇게도 감정이 묘해질까. 섬 속에 앉아 신들의 속삭임을 듣는 기묘한 감정을 어떤 말로 표현해야 할까 궁리하다 숙소로 돌아오는데 우리의 숙소는 나일 강변을 흐르는 크루즈다. 크루즈 여행을 해본 적이 없어 그 안에 완벽한 호텔이 있음에 또 한 번 감격한다.

남쪽으로 이동하여 람세스 2세만을 위한 아부심벨 신전과 아내 네페르타리의 소신전을 관람한다. 이집트를 대표하는 책 《람세스》는 줄곧 나를 따라다니며 보충 설명을 해주니 이보다 더 큰 기쁨이 어디에 있으랴. 아스완 댐을 건설하며 유네스코에서는 아부심벨을 조각내어 이곳으로 이동시켰는데, 감쪽같이 완벽하다. 아부심벨의 압권은 신전 내부의 성소인데, 4개의 성상 중 마지막 어둠의 신인 프타신상에는 햇빛이 들지 않게 건축했다 하니 정말 귀신이 곡하게 위대한 건축가가 있었나 보다 생각된다.

허허벌판에 있는 멤논의 거상을 보고 네페르타리의 무덤에 간다. 무덤을 관람하는 데 180불의 돈을 지불해야 하는데 아깝지가 않다. 3,000년이 지난 벽화의 색조가 이렇게 아름다울 수 있다는 게 환상적이다. 여장부 하트셉수트의 장제전을 거쳐 많은 왕들이 잠들어 있는 왕들의 계곡을 넘어 꿈에 그리던 카르낙 신전에 간다.

카르낙 신전에 가면 람세스 2세가 네페르타리와 손잡고 나를 마중 나올 것 같았다. 생각보다 정말 큰 신전이다. 여기서는 단연코 람세스 2세가 완성했다는 대열주실이 인기가 많다. 사람들이 빽빽이 모여 팔 벌려 열주를 안아보고 있는 풍경을 여기저기서 연출한다. 룩소르 신전은 외관만 보고 기자로 이동한다. 임호테프라는 재상에 의해 4,700년 전에 지어진 피라미드 3총사(쿠푸 왕, 카프레 왕, 멘카우레 왕)가 우리를 반긴다.

도굴꾼들에 의해 뚫린 길을 따라 왕의 방까지 굽이굽이 허리를 굽히고 올라가니 정방형의 큰 방에 왕의 빈 석관만이 남아 있다. 석관 안의 모든 것을 도굴꾼이 가져간 것이다. 밖으로 나와 가이드에게 스핑크스에 얽힌 설화를 들으며 4,500년 전에 만들어진 그들의 히에로글리프라는 상형문자로 내 이름을 써본다. 숨 막히는 이 감동의 시간들이 날아갈까 봐 내 손에는 볼펜이 먼저 와서 자리 잡는다.

·· 2019년 3월 씀

PART 07

어서 와, 어서 와, 어서 와. 안녕! 안녕! 안녕!

아이들과 함께했던 낭만적인 연애

자유학기제의 결과물 발표회가 강당에서 있었다. 나는 재능기부 차원에서 『책과 함께 떠나는 세계여행』이라는 테마로 아이들과 참여하니 오랜만에 맛보는 긴장이 따라온다. 16명의 학생들은 예전에 읽고 퀴즈로 진행했던 책 《책만 보는 바보》의 토론 무대를 가졌고, 《그리스 로마 신화》로는 16명의 학생들이 그리스 신들의 복장을 하고 등장했다. 많은 시간을 들여 옷을 만들었기 때문에 전교생은 스무고개를 넘기 전에 신들의 이름을 맞추었다.

발표회가 끝나자 아이들이 상담실로 몰려온다. 아이들은 올해에는 어떤 선생님이 담임이 될지, 친한 친구와는 같은 반을 할 수 있을지 궁금해한다. 나를 통해 정보를 캐내고 싶어하는 것을 넘어서 누구와는 절대 이별하고 싶지 않으니 꼭 같은 반이 되게 해달라고 사정을 한다. 우리 학교에서는 내가 나이가 많은 편이라서 힘이 있다고 생각하는 모양이다.

그렇지만 정식으로 발표하기 전에는 가볍게 말해줄 수가 없어 아직 결정되지 않았다고 거짓말을 하면 선생님들은 다 알면서 그런다고 뽀로통한 표정이다. 남학생들만을 대하는 선생님들은 여학생의 이런 표정을 상상이나 할 수 있을까?

내 친구 선생님이 2월이면 명예퇴직을 한다. 정년까지 5년이나 남았는데… 아직은 나보다 젊고 예쁜데… 아이들한테 인기도 많은데…. 1995년 3월 어느 날 발그스레하게 상기된 얼굴에 웃음을 함빡 머금고, 5도 기울인 머리를 흩날리며 우리 학교에 전근을 왔는데. 마음이 여리고 고운 선생님이라서 마냥 보듬어 주고 싶었던 내 친구 선생님의 부재로 허전할 것 같다.

시간은 참 빠르다. 몇 년 전에 명퇴한 선배 선생님에게 나는 교사로서 많은 것을 배웠다. 선생님의 뒤를 따라 그대로 답습하고자 했던 내 젊은 날의 의욕 넘쳤던 시간들이 주마등처럼 떠오른다. 지도하기 가장 힘들었던 합창지도를 선생님 어깨너머로 배워 우리 반은 항상 우승권 안에 들곤 했었다. 스물세 살, 꽃다운 날에 시작한 선배 선생님의 교사의 길. 무척이나 곱고도 수줍은 얼굴이었을 것 같다.

그리고 멋지게 놀 줄 알고, 여유를 아는 선배 국어 선생님도 퇴직하고 가족이 있는 서울로 갔다. 아이들이 어려운 상황에 처하면 선생님은 항상 기다려 주는 여유를 가졌었다.

이 고마운 선생님들을 그냥 보낼 수 없어 나는 교사 대표로 편지를 써서 송별회 날에 낭독했다. 돌아보니 선생님들과 함께한 젊은 날의 모든 것들이 낭만적인 연애처럼 느껴진다. 그리고 그 후에는 또 일상의 연속이지만….

이번 책 《낭만적 연애와 그 후의 일상》은 제목은 낭만적인데 내용은 철학책이었다고 선생님들이 고개를 설레설레 흔든다. 연애 부분은 아주 조금이고, 나머지는 일상생활 내용으로, 결혼생활 멘토 책 같다고 표현한다. 정말 그렇다. 그래도 우리나라 젊은이들에게 이 책이 아주 인기 있는 것을 보면, 기성세대이고, 지식인인 우리 교사들이 좀 더 노력하는 자세를 보여야 한다는 데에는 모두 공감한다.

·· 2018년 2월 씀

우리들의 교사의 역사를 떠올리다

교사의 역사! 내 젊은 날의 교사의 역사는 하루가 무척이나 짧았다. 30여 년 전에 보통 교사들의 수업시수는 28시간이었다. 그러고도 시간만 나면, 어떤 교사가 결근이라도 하면 그 시간을 쓰고 싶어서 전쟁을 벌였다. 그 시간에 들어가 한 가지라도 가르치고 싶은 욕심이었다. 그때는 학교 간 비교하는 모의고사가 한 달에 한 번씩 있었다. 시험을 치르고 나면 전북에 있는 모든 학교의 석차가 적나라하게 나왔다. 지금이야 웃으며 넘길 수도 있는 여유가 생겼지만, 젊은 그 시절에는 아이들의 성적이 좋아야 내 능력이라고 생각했던 것 같다. 그리고 그때는 모든 교사가 젊었다.

그렇다고 시험공부만 시킨 것은 아니었다. 교사는 아이들보다 앞서서 모든 일에 최선을 다했다. 그러니까 하루가 얼마나 짧았겠는가? 매를 많이 때리는 시절이었음에도 그때의 아이들은 선생님을 참 좋아했다. 매를 들어도 개인적인 감정으로 미워서 그런다는 생각은 아이들도 하지 않았기 때문일 것이다. 그리고 내 나이 30대 후반이 되어갈 때, 열린교육을 실시하며 학교는 아이들의 놀이터가 되었다. 하지만 갑자기 풀어진 학교에는 학교폭력이라는 어두운 그림자가 생기고 왕따가 생겼다.

이런저런 역사의 소용돌이를 거쳐 지금의 학교는 해맑고 즐겁다. 어떤 아이가 부자인지, 가난한지도 구분되지 않는다. 학교 환경은 예전과 정말 많이 달라졌다. 예전에는 지식의 교육 · 전달이 목적이었다면 지금의 학교는 보육의 개념도 커졌다. 그래서 요즘은 학교에서 선생님들이 아이들에게 화를 내는 모습은 거의 없다. 아이들의 장점을 찾아주려 노력하고, 공감해 주는 선생님들의 노력으로 가정이 불안하고 힘들어도 학교에 있는 시간만큼은 행복하다고 말하는 아이들이 많은 것만 해도 교사로서 감사하다.

등교 지도 시에 "안녕! 안녕! 안녕! 어서 와! 어서 와! 어서 와!" 하고 아이들을 맞이하고 있으면 그냥 지나치지 못하고 옆에 서서 나보다도 더 반갑게 인사해 주던 음악 선생님도 올해 말에 정년퇴임을 한다. 합창대회, 어머니 합창단 등 학교의 많은 일들에 선생님의 손길이 미치지 않은 곳이 없는데 아쉽기 그지없다. 가장 아쉬운 점은 독서모임에서 선생님의 역할이다. 항상 열심히 읽고 토론을 리드하신 선생님이 없었다면 토론모임은 지금까지 유지되지 못했을 것이다. 퇴임 후에 한옥마을에서 봉사활동을 하며 사신다고 하니 앞으로 선생님의 삶이 더 큰 아름다움으로 가득하길 기원한다.

지난 학기에는 교사모임에서 문학기행을 주관했던 선생님이 건강상의 이유로 퇴직했다. 10여 년 동안 선생님의 노고로 국내외 많은 곳을 여행하며 독서토론의 폭을 넓혀 왔는데 너무나 아쉽다. 빨리 건강을 회복해서 우리의 모임에 합류하길 고대한다. 또한, 독서모임에 활력을 주었던 교감 선생님과 교장 선생님도 정년퇴임을 했다. 교감 선생님은 역사를 전공했기 때문에 독서토론 시간에나 여행에서 정사와 야사를 구분해서 알려주었고, 독서모임의 든든한 지원자였는데 퇴임 후에는 그림을 배우고 있다니 정말 선택을 잘하신 것 같아서 후배로서 감사하다. 교장 선생님은 《내 어머니 이야기》 토론 시에는 그림에 대한 해석의 차이에 대해서, 《나라 없는 나라》의 이광재 님을 초빙했을 때는 세계 전반에 대한 질문으로 토론의 활성화에 도움을 주었었다. 선생님의 제2의 인생도 반짝반짝 빛이 나길…….

그리고 독서모임에서도 멋진 감상문을 써내 선생님들로부터 부러움을 샀고, 적극적인 활동으로 토론에 활력을 주었던 보건 선생님도 명퇴했다. 나보다도 한참 젊어 아직도 정년까지 10여 년은 남았는데. 아직 젊고, 글도 잘 쓰고, 영어를 잘하니까 퇴직을 해도 소질을 살려 하루하루가 행복으로 가득하길 기원해 본다.

요즘은 교사들의 토론이 많이 약해졌다. 나이는 많아지고 눈이 약해지는 게 원인이겠지만, 할 일은 많은데 책을 읽는 것도 하나의 숙제가 되니 교사들에게 많은 부담이 된 것 같다. 교사들이 책을 읽고 토론하는 분위기는 학생들에게도 큰 영향을 미쳐 아주 좋았는데 속상하고 안타깝다.

《청춘의 독서》를 읽고 유시민 님의 팬이 되었는데 이번에 또 《역사의 역사》를 출판했다고 하니 아니 볼 수가 없어 구매했다. 책 속으로 들어가려니 교사들의 역사가 먼저 와서 눈앞에 자리를 잡고 앉아있다.

·· 2019년 3월 씀

미나리처럼 강인하고 아름다운 사람

"안녕! 안녕! 안녕!" 아이들을 만나는 곳이 어디든 큰 소리로 내가 먼저 인사하면 아이들은 그냥 지나가는 법이 없다. 같이 큰 소리로 인사해 주거나 씩 웃으며 지나간다. 하이톤의 내 목소리에 아이들도 생기를 얻는다니 좋은 일이지만, 오늘은 뭔가 답답했는데 인사를 하면서 내 가슴은 이미 기쁨으로 가득 차 있음을 발견한다. 얼마 남지 않은 시간에 나는 더 활기차게 인사할 것이다.

요즘은 학교에 보건실, 복지실, 상담실이 있어 언제든 속마음을 털어놓을 수 있으므로 아이들에게는 더할 나위 없이 좋은 환경이다. 예전 아이들은 자기 집의 가정사를 말하지 않으려 했는데 요즘 아이들은 선생님을 믿기 때문인지 서슴없이 말한다. 친구들에게도 하지 않아도 되는 말을 하는 아이들이 간혹 있다. 이럴 때 선생님들은 걱정이 앞선다. 처음에는 공감하고 감싸주다가도 싸우게 되면 비밀까지도 폭로해 버리는 아이들이 있기 때문이다.

시험이 끝나면 아이들의 상담실 출입이 잦아진다. 시험을 못 봐서 속상함을 표현하고 싶어서, 부모님이나 남자 친구와의 갈등을 털어놓고 싶어서 오기도 하지만 자기네끼리 떠들고 놀고 싶어서 오기도 한다. 오자마자 선생님은 영화 〈미나리〉를 보았냐고 묻는다. 재미도 하나도 없는데 도대체 뭐 때문에 오스카상인지 뭔지를 받았는지 모르겠다고 희한하단다. 그래. 아이들 덕분에 꼭 영화 〈미나리〉를 보아야겠다.

아이들이 가고 나니, 30여 년 전의 학교 앞 전경이 눈앞에 펼쳐진다. 시내버스에서 내려 교정까지는 500미터 미나리꽝(미나리를 심은 논)의 좁은 논둑길을 지나야 했다. 당연히 그때만 해도 자동차를 가진 교사는 아무도 없었던 것 같다. 맑은 날은 괜찮은데 눈비가 온 날은 정말 미칠 노릇이다. 아침에 잘 차려입고 온 옷과 신발을 다 버려가며 그 길을 건너야 했다. 미나리꽝이 싫어서 나는 한동안 미나리를 먹지도 않았다. 그러다 여름이면 논 전체에 하얗게 피는 미나리꽃이 예뻐서 순간 미나리를 미워했다는 사실을 잊는다. 그렇게 우리는 지겹도록 미나리꽝과 함께 살았는데 어느 날 미나리꽝이 메워지고 공원이 되면서 교문 앞까지 큰길이 생겼다. 참 오래된 옛날 이야기다.

교사 생활을 한 것은 행운이었다. 합창대회에서는 맑고 고운 화음을. 친구사랑주간에는 친구를 사랑하는 아이들의 예쁜 심성을. 학교폭력을 일으킨 아이에게는 반성하는 고운 마음을. 멘탈이 약한 아이에게는 착한 마음을. 나는 아이들에게 이렇게 좋은 에너지를 선물로 받았다. 이 소중한 아이들이 세상에 나가면 '미나리'처럼 강인하면서도 많은 사람에게 쓸모 있는 아름다운 사람이 되었으면 좋겠다. 어느 순간 내 컴퓨터에는 미나리꽃이 활짝 피어 있다.

·· 2021년 9월 씀

교사! 힐링하다

초판 1쇄 인쇄 2021년 12월 15일
초판 1쇄 발행 2021년 12월 24일
지은이 최혜경

펴낸이 김양수
책임편집 이정은
디자인 권수정
교정교열 이봄이

펴낸곳 휴앤스토리
출판등록 제2016-000014
주소 경기도 고양시 일산서구 중앙로 1456 서현프라자 604호
전화 031) 906-5006
팩스 031) 906-5079
홈페이지 www.booksam.kr
블로그 http://blog.naver.com/okbook1234
포스트 http://naver.me/GOjsbqes
이메일 okbook1234@naver.com

ISBN 979-11-89254-66-7 (03800)

* 파손된 책은 구입처에서 교환해 드립니다. * 책값은 뒤표지에 있습니다.

* 이 도서의 판매 수익금 일부를 한국심장재단에 기부합니다.